Isaac Foulkes
Rheinallt ap Gruffydd

Sir y Fflint, y bymthegfed ganrif. Mae Ynys Prydain ar ganol Rhyfeloedd y Rhosynnau. Mae'r Cymry sy'n croesi'r ffin i Loegr yn cael eu trin fel dinasyddion eilradd yno, ac yn dioddef gormes cyfreithiau mympwyol a chreulon. Pan gaiff y bardd adnabyddus Lewys Glyn Cothi ei gosbi am briodi Saesnes, mae'n gofyn cymorth gan yr uchelwr o Gymro, Rheinallt ap Gruffydd, marchog ac arwr, i ddial...

Roedd Isaac Foulkes (1836-1904) yn un o wŷr llenyddol gweithgar y bedwaredd ganrif ar bymtheg yn y Gymraeg: ef oedd sefydlydd a golygydd y *Cymro*, cofiannydd Ceiriog a Daniel Owen, a cyhoeddwr nifer fawr o lyfrau. Roedd hefyd yn nofelydd, ac mae *Rheinallt ap Gruffydd* yn enghraifft cynnar yn y Gymraeg o Ramant Hanesyddol, *genre* fyddai'n dod yn boblogaidd iawn ymhlith nofelwyr yr oes.

Isaac Foulkes

Rheinallt ap Gruffydd
Rhamant

Llyfrgell Gymraeg Melin Bapur
Golygydd Cyffredinol: Adam Pearce

Isaac Foulkes (1836-1904), yn ddiweddarach yn ei fywyd.

Cynnwys

Rhagair

Mae'n debyg mai prif gyfraniad Isaac Foulkes, y "Llyfrbryf," i lenyddiaeth Gymraeg oedd hyrwyddo gwaith eraill yn hytrach na fel llenor yn ei hawl ei hun. Fe'i cofir am baratoi'r casgliadau dylanwadol *Cymru Fu* – fu'n cyfrwng i gynnal llawer o draddodiadau gwerin a chwedlau llafar – ac *Enwogion Cymru*; ef hefyd ysgrifennodd y rhan helaeth o'r ddau er fyddai hynny o reidrwydd wedi bod yn glir i'r darllenydd. Bu Foulkes hefyd yn gyfrifol am baratoi a chyhoeddi nifer fawr o lyfrau rhad o waith llenorion mawr y gorffennol. Mae eu henwau'n darllen fel *Who's Who* llenyddiaeth Cymru hyd at y ddeunawfed ganrif: Dafydd ap Gwilym, Iolo Morgannwg, Goronwy Owen, Morgan Llwyd, Elis Wynne a'r Mabinogion. Ond nid mewn llenyddiaeth y gorffennol yn unig ymddiddorai ef: sefydlodd a golygodd papur newyddion y *Cymro*, lle ymddangosodd nofelau a cherddi nifer fawr o lenorion pwysig yr oes; a chwblhaodd hefyd gofiannau i ffigyrau llenyddol o'i oes ei hun, gan gynnwys Ceiriog a Daniel Owen. Foulkes oedd golygydd Owen pan ymddangosodd *Enoc Huws*, *Gwen Tomos* a rhannau o *Straeon y Pentan* yn *y Cymro*.

Ond yn ystod yr 1870au, cyn i Daniel Owen gyhoeddi'r un o'i nofelau a phan oedd enghreifftiau yn y cyfrwng yn Gymraeg yn dal i fod yn bethau cymharol brin, rhoddodd Foulkes o leiaf dwy gynnig ar ysgrifennu nofel o'i eiddo'i hun. Y cyntaf o'r rhain yw *Rheinallt ap Gruffudd*, a luniwyd yn wreiddiol yn 1873 sy'n ei gwneud yn enghraifft cymharol gynnar o'r Rhamant Hanesyddol Cymraeg (ystyrir mai'r cyntaf oll oedd *Llawenog* gan Berwyn (Richard Jones) a gyhoeddwyd yn 1862) ac un o'r ychydig iawn ymddangosodd ar ffurf cyfrol, yn hytrach na dim ond fel cyfres papur newydd.

O'i chymharu â rhamantau hanesyddol eraill o'r cyfnod megis nofelau Beriah Gwynfe Evans ac Elis o'r Nant, cymharol ychydig o gyd-destun hanesyddol a roddir i ni gan awdur *Rheinallt ap Gruffydd*, ffaith sy'n cadw'r naratif i symud yn ystwyth a chwim. Mae'r digwyddiadau a bortreedir – ymosodiad y Lancastriad Rheinallt ap Gruffydd ap Bleddyn ar Iorciaid dinas Caer; ymosodiad gwŷr Caer ar Gymru yn eu tro; lladd Robert Brown, maer y ddinas; llosgi nifer o Saeson yn fyw ar ystâd Rheinallt; a'i farwolaeth yntau flwyddyn yn ddiweddarach – yn ddigwyddiadau hanesyddol go iawn. Ychydig iawn fodd bynnag o fanyldeb sydd i'r cofnodion hanesyddol am y digwyddiadau hyn, a phur greadigol yw dull Foulkes o'u cyfuno. Nid oes tystiolaeth y bu gan y bardd Lewys Glyn Cothi (c.1420-90) ddim byd i'w wneud â'r anghydfod gyda Robert Brown, er enghraifft; er bod cywydd o'i eiddo'n bodoli'n galw ar i Rheinallt ddial ar bobl Caer am ryw dramgwydd amhenodol yn erbyn y bardd. Cysylltu ffynonellau gwahanol mewn ffordd greadigol sydd yma felly; ac roedd Foulkes yn hollol barod i gydnabod hyn, fel mae'n gwneud yn ei ragymadrodd. Nofel ysgafn, adloniannol sydd yma; mae'n fyrrach o lawer na rhai o Ramantau Hanesyddol mwy uchelgeisiol, ffaith sy'n gwneud i fyny am y diffyg dyfnder a'r ffordd mae'r plot yn crwydro braidd.

O ystyried faint o Ramantau Hanesyddol a luniwyd yn y cyfnod, ychydig iawn o sylw maen nhw wedi'i dderbyn gan feirniaid llenyddol. Nid nofelau mohonynt o gwbl, chwedl Dafydd Jenkins yn *Y Nofel Gymraeg Gynnar* (1944): mae'n rhestri *Rheinallt ap Gruffydd* ynghylch enghreifftiau o lyfrau nad ydynt yn ei dyb ef yn haeddu'r term gan eu bod yn weithiau rhy ddychmygol, rhy ysgafn, heb wirionedd am y byd i'w rannu.

Gadawn y dadlau semantig i'r academyddion, fodd bynnag. Gwir nad yw'r gwaith yn gymhleth; archdeipiau yw'r cymeriadau gan fwyaf (y mwyaf diddorol yw'r gwas ffyddlon Robin Bondigrybwyll) heb ganddynt fymryn o ddyfnder seicolegol. Ym marn Jenkins ceir awgrym nad yw Foulkes yn cymryd ei ddeunydd yn llwyr o ddifri, gydag awgrym o gellwair ambell dro. Fodd bynnag, fel dangosodd E. G. Millward yn ei gyfrol *Cenedl o Bobl Ddewrion* (1991, Gomer; daw teitl y gyfrol o Bennod 4 *Rheinallt ap Gruffydd*), camgymeriad fyddai diystyru'r rhamantau hanesyddol ar sail diffyg uchelgais llenyddol tybiedig. Nid datgelu rhyw wirionedd am y cyflwr dynol oedd pwrpas y gweithiau hyn. Eu bwriad, fel esboniodd Millward, oedd gwasanaethu fel llenyddiaeth boblogaidd fyddai'n rhoi i'r Cymry cyffredin ymwybyddiaeth o'u hunaniaeth a'u hanes cenedlaethol fel Cymry. *"Substantially built of the native stone,"* chwedl y dyfyniad o'r bardd Southey a roddwyd ar y dudalen deitl, *"dirtied with no white lime."* Roedd y ffaith i gymaint o'r rhamantau bortreadu cyfnod y Tywysogion Cymreig yn arwyddocaol, gan fod hynny'n caniatáu iddynt bortreadu gormes y Cymry wrth ddwylo'r Saeson; er mai cyfnod diweddarach yw cefndir *Rheinallt ap Gruffydd* mae'n amlwg yn cloddio'r un wythïen i raddau helaeth. A dyfynnu Millward:

> Fel llenorion poblogaidd synhwyrai'r awduron hyn angen dyfnach yn eu cynulleidfa, yr angen am ddelwedd gadarnhaol ohonynt eu hunain fel iawn am ddiffyg safle a diffyg urddas eu hiaith a'i chenedl yn y byd Victorianaidd. (t.117)

Yn y cyd-destun hwn y meysydd hanesyddol oedd yr ychydig fannau lle gellid gwneud y fath ymosodiad heb

fod i'w wneud unrhyw wir oblygiadau gwleidyddol allai
beri unrhyw dramgwydd. Gellir synhwyro mai agwedd
ar yr union un diffyg hyder sy'n esbonio'r chwithdod,
cywilydd hyd yn oed, yr oedd rhai beirniaid yn teimlo
tuag ar y gweithiau hyn, a'r diffyg sylw maent wedi
derbyn dros y blynyddoedd. A ninnau bellach mewn
cyfnod - gobeithio - lle gallwn fod â rhywfaint yn rhagor
o hunanhyder cenedlaethol, mae'n hen bryd i ni daro
golwg eto ar weithiau fel *Rheinallt ap Gruffydd*.

A. P.   2025

Nodyn ar y testun:

Mae'r sillafiadau Reinallt, Rheinallt a Reinhallt oll yn
ymddangos yn nhestun gwreiddiol Foulkes; rydym wedi
eu cysoni oll i Rheinallt, ac wedi arddel "ap Gruffydd"
yn lle "ab Gruffydd" yn ôl safonau cyffredin heddiw.
Rydym wedi diweddaru orgraff y gwaith ond nid ei
gystrawen, ac nid ydym wedi newid arddull yr awdur
hyd yn oed pan fo'n taro'n chwithig, Seisnigaidd neu'n
wallus yn ôl ein safonau heddiw e.e. "cymryd lle" i olygu
"digwydd", "o nod" (*of note*) i olygu "o bwys", ac ati.

Rhagymadrodd

Amcenais osgoi pob ôl-nodiadau, trwy gydblethu y wybodaeth a gyflëir yn y cyfryw ffurf hefo llinyn yr hanes. Yn hyn, dilynais Bulwer, Dickens, Dumas, Cooper, a phob o nod hyd y gwn, oddieithr Syr W. Scott; ac yng ngwaith yr olaf y maent yn boen a thrafferth fawr i'r darllenydd. Am fy ffeithiau hanesyddol, ymdrechais ddilyn yr awduron diogelaf, a phan y cawn ddau neu dri o'r cyfryw yn gwrth-ddweud ei gilydd, dewiswn y tebycaf i wirionedd, neu ceisiwn eu cysoni. Hwyrach y dywed rhywun fy mod yn gwneud gormod o'm hanes; ni ŵyr y cyfryw beth yw rhamant, a dymunwn ei argymell i ddarllen Beirniadaeth o eiddo y llenor galluog Creuddynfab ar y pwnc, a welir yn "Nghyfansoddiadau Buddugol y Gordofigion, am 1867 ac 1868."

L FOULKES (Llyfrbryf).

LIVERPOOL, Mawrth 6ed, 1874.

"*Substantially built of the native stone; dirtied with no white lime.*" – Southey

Pennod I

Prynhawn drycinog o fis Chwefror, yn y flwyddyn o oed Cred a Bedydd 1465, gallesid gweld dyn canol oed yn dringo'r rhiw sydd yn ymgodi'n raddol rhwng Morfa Caerllion Fawr ar Ddyfrdwy[*] a'r Wyddgrug, yn sir y Fflint. Yr oedd yn amlwg o hirbell ei fod yn dwyn llwyth o ofidiau, heblaw ysgrepan ledr o gryn bwys a maintioli. Cerddai yn anwadal – weithiau'n frysiog, a phryd arall yn ymarhous a hwyrdrwm ei gam. Chwelid cudynnau ei farf hirllaes a llywethau ei wallt brith-wyn gan y rhewynt, yr hwn hefyd a dreiddiai trwy ei wisg lom, rydyllog, a thenau. Ond yn ôl pob ymddangosiad, ychydig sylw a dalai ef ar y pryd i hinon na huan. Fel y dynesai, gwelid ar gipedrychiad nad dyn cyffredin mohono, canys yr oedd myfyrdod wedi dodi ei nodau diamwys arno, a meddwl noeth fel pe buasai yn tremio trwy blisg ei lygaid gleision, rhadlon yn naturiol. Ond yr oedd y llygaid hynny yn awr yn adlewyrchu calon ddigllon ac ysbryd gythruddiedig. Tynnai lipryn o femrwn allan o'r ysgrepan yn awr ac eilwaith, ac ysgrifennai rywbeth arno; ac er croesed ei dymer, neidiai gwên foddhaus yn ddiarwybod a damweiniol i'w wyneb, yr hon a giliai drachefn i roddi lle i'r nwyd a'i llywodraethai ar y pryd – difrifoldeb diragrith a dialgarwch anfaddeuol. Rhoddai'r llipryn memrwn yn ôl yn yr ysgrepan, a thaflai honno'n ddibris dros ei ysgwydd, caeai ei ddyrnau, cerddai yn drwm gan ddyrnu ei draed yn y llawr, fflachiai tân o'i lygaid, a siaradai rhyw ddryll ymadroddion ag ef ei hun:

---

[*] Sef Caer, yn Lloegr.

"Gymru dlawd, anffodus," ebe ef, "a rwygir gan ei phlant ei hun, ac a ddifethir gen eillion anwar! 'Pryf Germania' y galwai Myrddin Ddewin y Sacson mileinig; llygod ffrengig gwrthun, llyffaint dafadennog, a nadroedd gwenwynig, ydyw pob un sydd yn parablu eu bastarddiaith garpiog. Mall a melltith arnynt oll o grud i fedd! Ac fel y mae graddau ymhlith ellyllon gwae, onid oes graddau o gyffelyb ymhlith yr ellyllon hyn? Gwŷr Caerllion ydynt y genfaint waethaf o'r holl genedl anhymig hon. P'odd y tyfodd lili mor brydferth â Doli ar domen mor halog? Pa blaened flin a'm dodes innau ynghylch swynlath ei serch? Ac eto dieifl coll a gwae a gosbasent ddyn am briodi ei gariadferch. Gwaeau a phlâu a'u hysgubo! Ap Gruffydd gadarn. 'Y Gaer grach a'i gwŷr a gryn'."

Wrth ymdaith fel hyn o lech i lwyn, daeth yn nos arno, a chododd lloer garedig i ddangos iddo ei lwybr – heibio twmpathau eithin a llwyni grug a orchuddient yn yr oes honno y tir gwyllt y rhodiai drosto; ond parhau yr oedd efe o hyd i ymgolli mewn myfyrdod, i chwerthin yn ddiarwybod, i ysgrifennu ar y llipryn memrwn a'i ddodi yn ôl yn y cwdyn lledr, ac ymollwng drachefn i raffu tafod drwg. Ond yn sydyn, dyma ddyn yn ei gyfarfod – dyn bychan sionc – cyfarchasant well i'w gilydd, a da oedd gan y naill a'r llall mai Cymro a gyfarchai Gymro. Meiddiodd yr ymdeithydd cyntaf ofyn i'r ail am y pellter i Dŵr Broncoed.

"Broncoed, bondigrybwyll," ebe'r Ail, "ehediad brân, un milltir; cyfaill ar farch, all rydio'r Alun yn y gaeaf, dwy filltir; cyfaill ar draed, tair milltir; gelyn ar draed neu ar farch, pellter anfesuradwy – trwy afon angau! Rheinallt y Tŵr, dewraf o blant gwragedd. Merched Tŵr y Broncoed, – tecaf ers dyddiau Branwen ferch Llŷr. Gruffydd, eu tad, lladdwyd yn Maes Blawrhith; Marged, eu mam, marw o dorcalon! Rhywbeth arall hoffet wybod, Gymro?"

"Dim," ebe'r ymdeithydd cyntaf, braidd yn ddychrynedig gan sydynrwydd ymddangosiad y llefarydd, llithrigrwydd ei ymadroddion, a'i ddull gwyllt a rhugl o'u traddodi; a phan glywodd hynoted le ydoedd y Tŵr, unionodd ei gamau tua'r Wyddgrug yn gyntaf, ac oddi yno i gyrchfa ei daith hwyrol ac annisgwyliadwy — pellter milltir "cyfaill ar draed." Yr oedd "Nos dawch" galonnog, a dwyfraich o gywydd cyfaddas i'r amgylchiad, yn drwydded ddigonol iddo heibio i'r porthorion; ac yn fuan ceid yr ymdeithydd lluddedig yn mwynhau rhadlonrwydd croeso gwir Gymreig, heb raid wrth na hwda na chymer, canys pwy cynhesach eu croeso yn mhob oes na bonedd a gwreng Cymru? Pwy fwy eu croeso ganddynt na'u beirdd? A pha fardd enwocach yn y bymthegfed ganrif na Lewys Glyn Cothi?

Pennod II

Saif hen balas urddasol y Tŵr, neu Broncoed fel y gelwid y lle gynt, ar lechwedd heulog yr ochr orllewinol i'r afon Alun, o fewn tua milltir i dref yr Wyddgrug, ac un-ar-ddeg o filltiroedd o ddinas Caerllion Fawr. Os dewiswyd y safle ar y cyntaf gan rhyw fonheddwr hamddenol fel hyfrydle i ymfwynhau o'i fewn, dangosodd y cyfryw un chwaeth hapus ac uchelryw, canys fe ddichon nad oes dlysach llecyn ar derfynau Cymru. Amgylchir ef gan goed caeadfrig – temlau cân adar pursain, a'r eos gynt yn eu plith yn dihidlo "mêl odlau mawl;" dolydd, a boglynnau o flodau gwylltion yn addurno eu bronnau; meysydd cnydfawr o ŷd pendrwm; a gerddi chwerthinog; a dim i dorri ar dawelwch cynhwynol y fan oddieithr natur benrhydd ei hun yn ei gwynt cryf neu ei hawel denau, yn suad ei gwenyn neu weryriad ei meirch. Ceid yma hefyd olygfeydd ardderchog yn ymestyn bellter o ffordd – rhan helaeth o sir doreithiog Caerllion, a'r afon Mersi yn ei chwr pellaf, a'r Dyfrdwy dderwyddol yn ei chwr agosaf; eglwysi a phinaclau Caerllion yn dyrchu eu pennau i'r awyr las: Mynydd Sychtyn, Moel Gaer a Bryn y Beili ar y chwith, a Chaergwrle ar y ddeheu, fel erchwynion i'r nythle tangnefedd hwn. Ac yn union o tano, wele Ystrad Alun, yn parhau yn wyrddlas haf a gaeaf fel pe na feiddiai'r ddrycin fennu arno; a'i afon ddisyml yn llifeirio trwy ei ganol, gan ymdroi ar ci thaith i gael cusan arall gan yr amrywiol flodau a blygant at wefus ei dyfroedd; ac yn ymsymud yn ddistaw rhag ofn i rhyw gwmwl digofus eiddigeddu wrthi ac ymollwng am ei phen i'w phrysuro ymaith. Dyn dedwydd yn y fangre ddedwydd hon fuasai y drychfeddwl uchaf o ddedwyddwch daearol.

Neu os dewiswyd y safle gan bendefig a ystyriai ddiogelwch mewn oes gyffrous a pharth peryglus ar y wlad yn brif anhepgor dedwyddwch, ac y mae yn fwy na thebyg mai dyma'r ffaith, odid y cawsid haiach llecyn. Hyd o fewn ychydig ganrifoedd yn ôl, yr oedd yn angenrheidiol i balas fod yn gastell; ac yn arbennig felly yn nghymdogaeth Clawdd Offa, lle nad oedd ond anhrefn gwladwriaethol yn ffynnu, a'r unig lywodraeth yn gynwysedig o "Trechaf, treised." Ac yr oedd godreuon sir Fflint, yn ôl tystiolaeth haneswyr Cymreig a Seisnig, yn hynod am eu haflywodraeth yn y bymthegfed ganrif. Rhyfyg a fuasai i fonheddwr o gyfoeth fyw yn unlle namyn caer, castell, neu balas amddiffynnol ac arfog yn cael ei amgylchu gan ei ddeiliaid *(villains)* hyfedr ar dynnu cledd a llawio bwa. Y mae yr hyn a erys o hen balas y Tŵr yn profi yn lled ddiamwys mai yn gartref amddiffynnol i benaeth Cymreig ar y cyffiniau yr adeiladwyd ef ar y cyntaf. Y mae iddo ei bigdwr uchel ar lun clochdy, o ben pa un y gellir gweled yr holl wlad oddi amgylch, a gwylio symudiadau gelyn o ba gyfeiriad bynnag y deuai. Y mae ganddo ei gelloedd tanddaearol cyfleus at gosbi troseddwyr, muriau llydain cedyrn, a llyn ar y lawnt o'i flaen, gwasanaethgar naill ai i ddiffodd tân a gyneuwyd gan elynion, i foddi y rhai oeddynt yn rhy ddrwg i'r ddaeargell, neu i nofio pleser-fadau yn ystod heddwch yn y gadlys. A phe'r aethai yn galed ar y gwarchodlu, wele goedwigoedd cysgodol gerllaw, a nentydd llochesol tu cefn i hynny yn ymgolli mewn mynyddoedd anhygyrch; a gallasent encilio yn iach ddihangol, o fynydd i fynydd, ac o gwm i gwm, hyd yr Eryri. Ac onid oedd yr ardal yn cael ei britho yn mhob cyfeiriad gan lanerchau a barent gofio'r dyddiau gynt? Ac a enynnent

wroldeb yn y galon fwyaf llorf? Tros y gefnen acw, y
mae Coed Eulo, neu Iolo, lle y cafodd Dafydd a Cynan,
meibion Owain Gwynedd, y fath oruchafiaeth ar luoedd
ymosodol Harri II. Moel Gaer drachefn, hen
amddiffynfa Gymreig gadarn, a wrthsafodd lawer
ymosodiad. Maesgarmon wedi hynny; pwy na chlybu
am bybyrwch y saint-filwyr Celtaidd Garmon a Lupus
yn difetha y Ffichtiaid, neu y Gwyddel Ffichti fel y
gelwid hwy gynt, trwy orohian y fanllef "Aleliwia."
Castell Gwyddgrug, *Monte Altus* y Rhufeiniaid, ar gopa
Bryn y Beili, a thafod hanesiaeth yn ei ben crwn yn
traethu am lawer tro gwaedlyd a fu o'i ddeutu. A
Chastell Caergwrle, ar yr ochr arall, trigfa unwaith i
Gruffydd Maelor a Dafydd ap Gruffydd, brawd
Llywelyn "Ein Llyw Olaf." Os oes a wnêl golygfeydd
hanesyddol rhyfelgar â ffurfiad cymeriad dyn, yna pa
ryfedd i fachgen craff sylwgar fel ein harwr droi allan y
fath ryfelwr?

Pennod III

Deallodd Lewys Glyn Cothi yn fuan ar ôl cyrraedd y Tŵr nad oedd ei gyfaill Rheinallt adref, ei fod wedi croesi'r mynydd i Ddyffryn Clwyd, ac na ddychwelai hyd fore drannoeth. Ond yr oedd Siôn, ei frawd hynaf yno – creadur caredig, diniwed, yn benthyca ei holl oleuni bron oddi ar Rheinallt, ac yn credu'n ddiymwad nad oedd ei fath yn y byd. Ac yr oedd Morfudd a Gwenllian yno, y ddwy chwaer y soniasai'r estron hwnnw ar y mynydd amdanynt. Megis mai y lle cyntaf yr edrych crydd arnoch ydyw eich esgid – "pawb at y peth y bo" – felly fel achyddwr yr edrychai Glyn Cothi gyntaf ar bawb. Trawyd ef yn y fan fod gwaed Normanaidd yn y teulu, a bod pryd a gwedd Gwenllian, beth bynnag, yn dwyn delw y welygordd ddewr a groesodd i'r Ynys hon gyda Gwilym y Gorchfygwr, o ba un yr ymsefydlodd cynifer yn arglwyddi ar Gyffiniau Cymru, gan briodi Cymraesau, a chyflwyno i'w plant daldra corfforol a balchder ysbryd y tad yn gyfunol a thlysni wynepryd a bywiogrwydd tymer y fam. Wrth syllu a gwrando ar Morfudd, y chwaer ieuengaf, methai ddyfalu pa un i'w edmygu uchaf, ai gwynder ei gwedd liliaidd, cochni cwrelaidd ei gruddiau a'i gwefusau, ei ffurf luniaidd, ei gwallt du modrwyog, ynte ysgafnder ei hysbryd a ffraethineb doeth ei hymadroddion. Meddyliai wrth edrych arni am ddwy fraich o gywydd a ganasai Dafydd ap Gwilym i Elen Lueddog:

Yr hon a beris yr ha'
A thrin rhwng Groeg a Throia.

Braidd na synasai fod gaeaf yn ymweled ag Ystrad Alun ar ôl i'r rhiain hon wisgo ei gwên berswynol o'i fewn; ac nid oes amheuaeth na bu Morfudd (yn anfwriadol mae yn wir) yn achlysur aml i frwydr law-law, ac unwaith neu ddwy bu ornestau mwy gwaedlyd am ei ffafrau. Buasai hen naddwyr Groeg a Rhufain yn falch o'i cherflunio a'i hychwanegu at eu Ceinion, ac ni ddiystyrasai Cattwg Ddoeth liaws o'i hymadroddion synwyrgraff.

Yr oedd tlysni Gwenllian yn perthyn i ddosbarth arall. Prin y gellid dweud fod ei hwynepryd hi i fyny â safon tlysineb clasurol. Cyfliw oedd ei gwallt â'r eiddo Llio Rhydderch, am yr hon y dywedai Dafydd Nanmor:

> Ai plisg y gneuen wisgi?
> Ai dellt aur yw dy wallt di?

Yr oedd y Norman yn lled amlwg yn y gwallt hwnnw. Ond er na feddai Gwenllian degwch caboledig Morfudd, yr oedd natur wedi ei chynysgaeddu hithau a theithi rhagorol eraill – agosrwydd cynhesol yn tarddu oddi ar galon serchus a'i gwâi yn gryfach gwrthrych serch nag hyd yn oed ei chwaer brydferth.

Yr oedd yno hefyd lanc ieuanc o filwr o osodiad gwisgi a phryd a gwedd teg a dymunol; ac ni fedrai Glyn Cothi ar faes medion y ddaear ddyfalu i'w lawn fodlonrwydd pwy ydoedd nac o ba le yr hanai. Nid oedd yn un o'r teulu, ond casglai'r Cofiadur craff, oddi wrth amryw fân bethau, ei fod ar y llwybr oedd yn arwain i hynny. Ei enw ydoedd Goronwy ap Gredifel. Yn yswil foddhaus yr edrychai Morfudd arno; ond gwaith parhaol Gwenllian wrth siarad ag ef ydoedd ymryson cras "ofregedd" – gwerin-air arferedig yn y parth hwn o'r wlad am gellwair, ysmalio, ac ati – a Gwenllian, rhaid cydnabod, oedd ddoniolaf gyda'r gwaith o ddigon. Cyfeiriai at Morfudd fel ei "ddyweddi,"; "Diweddi yn wir!" ebe hi, "y mae hi yn cyfrif ei phaderau lawer gwaith yn y dydd, ac yn ymgroesi cyn fynyched â mynaches."

Gwridai'r ddau at eu clustiau, a mwngient mai eiddigus ydoedd hi am nad oedd daro arni hithau. "Os nad yw carwriaeth yn rhywbeth amgen i *daro*," ebe'r gellweires lawen, "gwared ni rhagddo."

Yna torrai allan i suo-ganu yr hen bennill sydd ar lafar gwlad hyd y dydd hwn, ond a gyfansoddwyd, mae yn dra thebyg, gan rhyw awenydd Lancastraidd yn ystod Rhyfeloedd y Rhosynnau:

> "Dacw 'nghariad i ar y bryn,
>   Rhosyn Coch a Rhosyn Gwyn;
> Rhosyn Gwyn sy'n bwrw 'i flodau,
>   Rhosyn Coch fydd fy nghariad innau."

Pa gyfaredd oedd yn y pedair llinell gyffredin hyn i Goronwy ap Gredifel? Y mae yn gwrido o glust i glust; trwy fawr ymdrech y ceidw wên ar ei enau; ac etyb hi wedi monni braidd,

"Na, Gwenllian," ebe ef, "ni chyll y Rhosyn Gwyn mo'i flodau tra rhed dwfr yn afon Alun; tra bo rhianedd teg yn rhodio'i glannau; a thra bo chwiorydd i wisgwyr y Rhosyn Coch yn – "

"Yn ba beth?" ebe Morfudd, yr hon a drawodd i mewn i'r cwmni; "Cam-enw ydyw galw y galanastra gwaedlyd presennol yn 'Gad y Rhosynau.' Cabledd ar addurniadau pêr yr ardd a'r maes. Mwy gweddus eu galw ar enw Wermod, Cegid, neu rhyw lysieuyn chwerw neu farwol arall, os rhaid ydyw mynd i faes dilychwin natur i fenthyca enwau ar greulonderau y ddwy blaid sydd yn rhwygo'r wlad yn llarpiau yn y dyddiau hyn."

"Gwir, gwir," ebe Lewys, "fel y rhwyga blaidd rheibus yr oen bach, fel y rhwygodd cŵn annwn Caer fy eiddo i oddi arnaf:

O mynasant fy na mewn naw-sach,
Naw ugain mintai o gŵn mantach;
Mynnwn pe'u gwelwn hwy'n gulach – o dda
Yn moel y Wyddfa yn ymleddfach.
Y dŵr a'u boddo tra fo tref iach
Y tân a'u llosgo peten' llesgach;
Yr awel a'u gwnel gan' niwlach – gwinau
Ond yr eglwysau yn dir glasach.

"Eu crwyn a'u hesgyrn crinion – a'u gàrau
        A dyr gorŵyr Einion
Yn mhob mangre'n Nghaerllion
Efe a ladd fil â'i onn."

"Dyna gylymu iawn," ebe Goronwy, "gwaith y bardd o
Lyn Cothi, mi dyngaf."

"Darnau o awdl a wnaeth y prydydd hwnnw," ebe
Lewys, "heddiw'r prynhawn yn chwerwdod ei enaid i
Saeson Caer."

"Penigamp," ebe Morfudd.

"Ystwyth-bêr," ebe Gwenllian.

"Diolch yn fawr i chwi," ebe'r prydydd. "Y mae
canmoliaeth rhai pobl yn werth ei gael, ac yn haeddu ei
brisio. Ond at hyn yr wyf fi yn cyfeirio; Goronwy ap
Gredifel, ni wn pa un yw dy blaid di, er nad oes angen
dewin ychwaith i wybod. Yr wyf yn dy hoffi am dy fod
yn Gymro; yr wyf yr un modd yn hoffi Rheinallt ap
Gruffydd, er na welais ef eto, am ei fod yn Gymro, ac nid
am ei fod yn pleidio teulu teyrn-linach Lancaster.
Lancaster a York, beth ydynt i ni? Bûm i yn filwr i Siasper
Tudur, ewythr brawd ei dad i Harri Tudur, ffoadur yn
awr yn Ffrainc, a'i bleidwyr er hynny yn hyderus y
gwelant ef cyn hir yn llawio teyrnwialen Prydain; ac yr
wyf hefyd wedi canu i Syr William Herbart, ac i Syr

Risiart ei frawd, dau Gymro nad oes yn myddin Iorwerth eu dewrach. Nyni y Cymry sydd yn ymladd, a'r Saeson yn ein hannog; nyni sydd yn dioddef, a hwythau'n byw'n fras ar eu bloneg. Cymerwch fi yn esiampl – rydwyf fel llwdn wedi ei gneifio yn nyfnder gaeaf."

"Ni ddylit gwyno mor dost," ebe Goronwy, "diolch ar dy ddeulin i Fair a'th angel a ddylit, a dweud dy bader ac ymprydio dridiau."

"Paham?"

"Gwrddaist ti ddyn ar y tir gwyllt heno?"

"Dyn, neu ysbryd cyn wyllted â'r tir."

"Dy angel gwarcheidiol ydoedd: Robin Bon-digrybwyll."

"Tybiais mai ysbryd y Cwta Gyfarwydd ydoedd," ebe Lewys, "heb hamdden i ddodi dim yn ei frawddegau ond berfau ac enwau. Pa le y treiglodd a pha bryd y dychwel?"

"Y mae treigl Robin fel llwybr y gwynt, yn anhysbys i bawb ond efe ei hunan; ac i ba drybini bynnag y dringo, efe a ddisgyn fel cath o bren yn iach ddihangol ar ei draed. Un o anwyliaid rhagluniaeth ydyw Robin. "Hyn a ddwedaf," ebe'r llanc, "yr oedd gwŷr Caer fel dywalgwn yn dy ymlid di heno; a phe ddaethent o hyd i ti ni buasai ond 'Hwi'r Cwta, a Hwi'r Coch,' amdani; a buasai Lewys Glyn Cothi ymhlith y beirdd ymadawedig. Yr oedd Robin a minnau yn dy wylio di a hwythau o ben y Tŵr yma; ac yn fuan iawn diflannodd Robin; efe, mae'n ddiau, a'u taflodd oddi ar dy drywydd. Y mae Bondi yn dod i'r wyneb bob amser y bydd ei eisiau."

Treuliwyd rhai oriau fel hyn yn taflu golwg dros bethau. Yr oedd Siôn yn y cwmni, ond rhan fechan a gymerai yn yr ymddiddan. Yr oedd yn amlwg nad edrychai Siôn yn ffafriol ar ymweliad Goronwy, canys anesmwythai a gwridai pa bryd bynnag yr edrychent yn llygaid ei gilydd. Yr un mor amlwg hefyd ydoedd fod enwi Rheinallt yn peri anesmwythder i Goronwy; ac oddi wrth hyn hawdd casglu nad oedd Rheinallt ac yntau yn gyfeillion, ac fod yr ymweliad hwn yn ddiarwybod i'r blaenaf.

Ond daeth y swper i'r bwrdd, a dyneswyd ato yn ddiolchgar, er na chynhwysai ond ffrwyth y geirchen.[*] Ni chaniatâi caledi yr oes waedlyd honno i gigfwyd ond anfynych hulio byrddau hyd yn oed y pendefigion. Rhwyddheid llwybr y rhynion gan y medd archwaethus, ac yr oedd blas blodau persawr Ystrad Alun yn melysu pob diferyn ohono. Ac wedi bwyta o bawb ei wala, dygwyd hen delyn y teulu ymlaen, a rhedodd bysedd meinion Gwenllian ar hyd ei thannau gan dynnu mêl-odlau o'i chrombil, na ddaw eu bath ond o'r offeryn cerdd cenedlaethol Cymreig yn nwylo menyw deg. "Hun Gwenllian" oedd yr alaw a chwaraeid, ond cyfaddasai'r datganwyr gerdd-fesurau eraill at y miwsig. Trawodd Goronwy i mewn yn gyntaf:

> "Er nad wyf ond prydydd gwan,
> Mi folaf Ddyffryn Alun;
> Swynion fil sy' yn y fan,
> A gwenau haul a gwanwyn,
> Ydyw gwenau yn y Tŵr
> Dewr effro Dŵr y Dyffryn."

Yna cymerwyd edefyn y gerdd i fyny gan Siôn ap Gruffydd:

> "Os dewis dyn y Rhosyn Coch,
> Dilyned hwnnw'n dynn,
> A dywedaf fi 'yn iach y b'och,'

---

[*] Bwyd i geffylau fyddai ceirch, petai unrhyw beth gwell ar gael i'w fwyta.

> Wrth onest Rosyn Gwyn;
> Boed pawb yr un ar faes y gad
> Ag ar yr aelwyd glyd,
> Gogoniant pennaf tref a gwlad
> Yw dynion cywir fryd."

Cyn i'r bennill ddwyn yr effaith a ddymunai ei ddatganwr, dechreuodd Morfudd –

> "Po gwynaf y croen a pho cochaf y ddeurudd,
>   Tlysaf i gyd a fydd gwrthrych y serch;
> Po cryfaf fo lliwiau y wawrddydd ysblennydd,
>   Harddaf i gyd yn meddwl pob merch;
> Cilied y Cymry o faes y gelanedd
>   Pam rhaid i Gymro ladd Cymro mor rhad?
> Cymro 'ngwrth Cymro yn delio dialedd
>   Dyna trwy'r oesoedd fu melltith ein gwlad."

Canodd y bardd o Lyn Cothi hefyd ychydig freichiau o gywydd. Codai yr hwyl yn gyfatebol i'r syniadau a ddatgenid. Yr oedd pawb yn cydweled â phennill Goronwy; pawb ond y sawl a deimlent oddi wrth golyn pennill Siôn a ganmolent ei athrawiaeth; teimlai pawb fod gwir galarus ymhennill Morfudd; ac enwogrwydd Glyn Cothi a roddai iddynt fwynhad yn ei ganu. Yr oedd pob perchen synnwyr cyffredin yn yr oes honno yn gallu rhigymu penillion cyffelyb i'r rhai uchod; tarddai hyn oddi ar eu hanianawd genedlaethol naturiol yn gyntaf, ac yn ail oddi ar ymarferiad mynych â'r gwaith – felly y bwrient heibio lawer o'u hamser hamddenol.

A phan y teimlwyd mai melysach cwsg na medd, a chau llygaid na chanu gan dant, enciliwyd i roddi pwys pen ar obennydd mewn tawelwch na wyddai ond ychydig amdano yn y cyfnod terfysglyd hwnnw.

Pennod IV

Cyn caniad y ceiliog bore drannoeth, agorodd dorau cedyrn y Tŵr i ollwng trwyddynt arwr y lle. Yr oedd wedi marchogaeth tros Fwlch Pen Barras o Ddyffryn Clwyd gefn trymedd y nos; ac yn yr oes honno cyflawnasai weithred arwrol, pan gyfanheddid pob twmpath a thwyn gan fodau annaearol dychrynllyd, a chan fodau daearol mwy dychrynllyd fyth, sef gwylliaid llofruddiog, na phrisient fywyd dyn yn uwch na bywyd llwynog – y ddau i'w lladd er mwyn yr hyn a geid arnynt. Ac er cryfed ei gyfansoddiad, galwai cwsg am ei deyrnged ganddo yntau; ac wedi ymollwng i afaelion y duw swrth, anhawdd dyfod ohonynt. Yr oedd y teulu oll yn ymlwybro ers hir amser cyn iddo ef ymysgwyd o'i anymwybyddiaeth.

Yr oedd Goronwy wedi gadael y Tŵr erbyn i Lewys godi bore drannoeth, a chafodd y bardd awgrym neu ddwy led ddiamwys gan y rhianedd nad oedd i sôn amdano wrth eu brawd. Mawr oedd ei awyddfryd, pa fodd bynnag, i weld Rheinallt; a rhwng dychmygu pa fath un ydoedd, llunio barnedigaethau newyddion ar wŷr Caerllion, ac ymgyfarchwel lled fynych â'r ysgrepan ledr, treuliodd er ei waethaf rai oriau lled farddonol y bore hwnnw.

O'r diwedd, clywai y disgwyliwr awyddus sŵn traed yn nesu'n frysiog at yr ystafell yr eisteddai ynddi; agorwyd y drws yn sydyn; neidiodd y bardd ar ei draed; safasant am funud neu ddau gan edrych yn siriol yn myw llygaid ei gilydd; ac yr oedd cymaint o hynawsedd yn llygaid Rheinallt ac o onestrwydd yn llygaid Lewys, fel y toddodd teimladau y ddau ar fyrder yn llymaid o gyfeillgarwch. Credai'r bardd na welsai erioed harddach dyn. Gwawr ei 25ain mlwydd yn dechrau ymdywallt ar ei wyneb tirf. Dwy lath o daldra, cyn sythed â brwynen, ac o gymesuredd difai, yr hyn a wnelai ei gerddediad ysgafned a rhodiad rhiain deg fraich yn mraich â'i chariadlanc yn y ddawns. Duach oedd ei wallt nag aden y gigfran, cochach ei ddeurudd na rhuddwaed brwydr. Cyfliw ei lygaid â nos dywyll, a dwy gannwyll o'u mewn fel dwy seren disglair; bwaog ei drwyn fel eryrod Eryri. Iraidd ei farf fel glaswellt ieuanc tan fân-wlith Mai; lluniaidd a llyfn ei dalcen a'i wddf â phe naddesid hwynt o'r marmor gwynaf. Ei fysedd o liw ac o lun blodau tyner yr anemoni; a'i freichiau mor gedyrn a chyhyrog â cheinciau derw, fel pe buasai natur garedig wedi eu plannu yno o bwrpas i amddiffyn y tŷ hardd hwnnw yn yr oes waedlyd honno rhag niwed. Bardd, mae yn wir, oedd Lewys, yn tremio ar wrthrychau trwy chwydd-wydrau yr awen; ond efe a feddyliodd wrth edrych ar ein harwr am Sandde Bryd Angelun o'r tri a ddihangodd a'i hoedl ganddo o Gad Gamlan gynt – pawb dybient mai angel o'r nefoedd ydoedd.

"A thydi ydyw Lewys Glyn Cothi?" ebe Rheinallt. "Adwaen dy enw, darllenais dy waith, a chlywais dy ganmol; oni phriodaist weddw yn Nghaer? Ac oni phreswyli di yno? Pa fodd mae'r Cŵn y dyddiau hyn? Nid yw'r dyddiau hyn yn 'Ddyddiau'r Cŵn.' Y maent fel y creadur is hwnnw yn ngraddfa cread:

> 'Chwefror chwyth
> Ni chwyd y neidr oddi ar ei nyth'."

"Codant, hwy a godant, wron," ebe Lewys, "er mai nadredd sleimllyd ydynt oll, o Robert Brown, eu cynfaer lladronig, hyd Siôn y Crythor Cymreig, fradwr halogedig yn erbyn ei wlad a'i Dduw, a wystlodd ei grwth rhinclyd a hynny o dalent garbwl sydd ganddo i foddio blysiau estroniaid, a chlepian popeth a ŵyr wrth yr awdurdodau am ei gydwladwyr gorthrymedig. Ei geg ffals ef a agorodd, ac ohoni y daeth fy holl anffodion i. Ti a wyddost, wron, am yr ysbryd hwnnw o eiddo Iorwerth Hirgoes, sydd yn parhau i boeni ein cenedl, ar lun deddfau gorthrymus yn erbyn y Cymry; ac y mae yn eu mysg gyfraith yn atafaelu meddiannau pa Gymro bynnag a briodo Saesnes. Minnau yn ddifeddwl a droseddais y ddeddf anfad honno, mi a briodais Doli Cheshire, menyw 'ffamws' yn ôl ein hiaith ni yr Hwntwys. A dyma fi ger dy fron cyn dloted â llygoden eglwys – heb ddim ond yr ewinedd. Fy holl eiddo wedi ei ysbeilio a'i dynnu trwy ddannedd Cŵn Caer. Rheinallt ap Gruffydd ap Bleddyn ap Dafydd ap Grono ab Einion, ac felly ymlaen hyd Fleddyn ap Cynfyn, a phob ap ohonynt yn Gymry gwladgar, a digon o ddur yn eu gwaed ac o nerth yn eu breichiau a thân yn eu calonnau i losgi yn ulw bob gorthrwm, ac i ladd yn gelain bob gorthrymwr! Yr wyf yn atolygu arnat ddial fy ngham. Ac yn fy nghamwri i, ystyr y camwri a dderbyniodd fy nghenedl, canys y mae i estron-genedl sarhau person unigol o genedl arall yn sarhad ar y genedl honno. Rhaid rhoddi'r ysbryd gorthrymus hwn i lawr. Pwy sydd ddigonol i'r gwaith? Rhodder gwlad y treiswyr yn oddaith, a dechreued y goelcerth yn Ngaerllion. Pwy ond tydi Rheinallt? Onid oes waed Cynfrig Efell yn dy wythiennau, ac onid yw y gwaed hwnnw yn awr yn chwyddo dy wythiennau, ac yn rhuddo dy ruddiau?

> I Rheinallt mae cledd ar groenyn – yn graff,
>   Ap Gruffydd ap Bleddyn;
>   Rhag hwn yn curo canyn'
>   Y Gaer grach a'i gwŷr a gryn.

Y mae natur wedi gwneud Rheinallt yn filwr, wedi rhoddi iddo gorff hardd a braich gref milwr! Diosg dy fraich; amddiffyn dy wlad, dy wlad annwyl sydd yn gwaedu tan fflangell y gelyn. Pâr i'r gelyn sôn amdanom eto, megis cynt, fel cenedl o bobl ddewrion, ac nid llyfrgwn diamddiffyn. A bydd di flaenor arnom. Arwain ni i ddedwyddwch cenedlaethol, a'th hunan i orsedd gogoniant a pharch."

Gwrandawai Rheinallt ar yr araith apeliadol hon gyda chalon agored. Ffaglai ei lygaid yn fynych gan ddigofaint, a rhedai ei law ddeheu yn ddiarwybod iddo at garn ei gleddyf, ac yr oedd lliaws o eiriau y bardd yn ei daro fel ergydion gwefrdan. Buasai dyn drwg-dybus yn amau ai nid ffalsedd oedd y molawdiau hyn, ond bonheddwr mawrfrydig oedd Rheinallt yn cymryd dyn ar ei air; ac y mae yn ddilys hefyd nad oedd geiriau tanllyd y bardd ddim amgen na'i deimladau gwirioneddol wedi eu gwisgo mewn iaith. Y mae rhagrith yn un o'r trethi hynny y rhaid i oesau "caboledig" ei thalu am eu gwareiddiad; yn yr oesau "anwaraidd," difethid rhagrithwyr ffals fel creaduriaid anheilwng i fwynhau bendithion bywyd.

Ymdrechodd y milwr ieuanc lywodraethu ei hun am rai munudau ar ôl i'w gyfaill dewi. Ond o'r diwedd, neidiodd ar ei draed, a thrawodd y bwrdd â'i ddwrn caeedig, nes dychryn Lewys

"Mi a'i gwnaf," ebe ef, "pe collwn bob gŵr a feddaf, a phe syrthiwn fy hunan yn yr antur. Os gall fy nynoliaeth ddal i edrych yn ddidaro ar orthrwm fel hyn, yna gorau bo'r cyntaf imi ei dadwisgo." Yna archodd i'r distain alw ato y Cadben Ifan, modd yr ymgynghorent ac yr ardrefnent ryfelgyrch beiddgar yn ddi-oed.

Pennod V

"Y mae popeth yn barod, fy meistr; nid oes yn eisiau ond Bondigrybwyll, fel y gelwir ef," ebe Cadben Ifan. "Hanner can' wr llawn arfau, deuddeg ohonynt ar feirch, tri chludwyr ymborth; a Charnwen, dy gaseg, fel y gweli, yn prancio dan ei chyfrwy, gan droi ei llygaid nwyfus yn disgwyl amdanat."

Neidiodd Rheinallt i'r gwarthaflau, ac yr oedd y fintai yn barod i gychwyn i'w thaith. Traddododd y blaenor ychydig eiriau cynhwysfawr calonogol i'w fyddin fechan, gan eu hysbysu fod ganddynt daith beryglus o'u blaenau, ond fod iddi amcan cysegredig, sef dial cam y diniwed. Fel yr oeddynt yn fechgyn gwlad orthrymedig, atolygai arnynt ymddwyn yn deilwng o Gymru. Dinistr llwyr a fyddai methu yn yr ymgais, ac anrhydedd mawr fyddai llwyddiant. Ni hysbysodd hwynt pa le yr oeddynt ar fedr myned (nid yw hynny'n ddoeth bob amser mewn cadlywydd).

Safai'r bardd gerllaw, a phrin y rhaid dweud yn orlawn o foddhad; a thrwy ganiatâd Rheinallt, dywedodd yntau ychydig eiriau calonogol. Atgoffodd iddynt am Gynfrig Hir, y llencyn dewr hwnnw o Edeyrnion a waredodd ei dywysog Gruffydd ap Cynan o garchar Caerllion, trwy ei gludo oddi yno yn gadwynog ar ei gefn; a chan gymhwyso'r ffaith honno at yr amgylchiadau presennol, dywedai, "Os gall un Cymro gyflawni'r fath orchestwaith, fe all hanner cant wneud hanner canwaith mwy." Pan ddeallasant yr awgrym mai i Gaerllion yr ymdeithient, torasant mewn bloedd o orohian uchel, canys yr oedd ganddynt aml i "hen chwech" eisiau ei dalu i Gŵn Caer. Deisyfai Lewys yn daer gael mynd gyda hwynt, ond atebai Rheinallt nad cyfaddas i fardd fod man y dinoethid arf yn ei erbyn.

Yr oedd yn nosi'n dawel a heddychol pan gymerai'r olygfa ryfelgar hon le yn nghadlys y Tŵr. Tawel oedd y Fama, a'r Fenlli a Moel Gaer, yn eu penwisg o niwl; tawel iawn oedd yr afon Alun ar ei gwely esmwyth o raean mân, a chynfas o gaddug yn ei gorchuddio; distaw a thangnefeddus y sêr, llygaid y nefoedd, newydd ymagor i wylio byd cysglyd yn absenoldeb yr haul; acer nad oedd y lloer ond hanner llawn, ymddangosai yr hanner oedd yn y golwg mor dawel a bodlon â phe buasai yr hanner arall yn ei chesail.

Pennod VI

Ym mrig yr un hwyr, cyfarfu dau ddyn ar un o heolydd Caerllion. Dau Gymro oeddynt, ac oddi wrth ddull cynnes eu cyd-gyfarchiad, hawdd canfod fod cydnabyddiaeth flaenorol rhyngddynt. Gwladwr gwledig ei ddiwyg oedd y cyntaf, a thipyn o lygad croes ganddo, gwridgoch, byr a llydan o gorff, byrbwyll a sydyn o osodiad; a'r ail ydoedd filwr ieuanc o swyddog gwisgi, tal, unionsyth, rhadlon, deallgar, a Rhosyn Gwyn yn ei gap.

"Bondigrybwyll," ebe'r gwladwr, tan ysgwyd llaw ei gyfaill, "llaw yn llaw, calon wrth galon. Goronwy, beth sydd yn y gwynt?"

"Baner Iorwerth frenin sydd yn y gwynt," ebe'r swyddog, "a phen moel Harri'r Chweched sydd yn y gwynt; a'r nifer luosocaf o'i Castriaid[*] wedi mynd allan o fyd y gwynt, i wlad tyrchod daear. Aethant yno o faes rhyfel Hexham, yr wythnos ddiweddaf. Glywaist ti mo'r hanes Robin?"

"Na chlywais," ebe Robin, "er cynted y teithia newydd drwg, cymerodd hwn yna wythnos i gyrraedd fy nghlustiau i. Bondigrybwyll, breuddwyd gwrach yn ôl ei hewyllys, mae'n debyg, Goronwy?"

"Ochenaid gwrach ar ôl ei huwd, Robin bach," ebe Goronwy, "ni waeth i ti beidio ceisio dileu sylwedd caled, y mae'n ffaith anwadadwy fod Harri bellach yn ffoadur truenus yn ngwisg bugail, o gynefin i gynefin y dydd, ac o ogof i ogof y nos; ac y mae Robert Brown,

---

[*] Llysenw ar ddilynwyr neu bleidwyr llinach frenhinol Lancaster a'i Rhosyn Coch.

cyn-faer y ddinas yma, yn dathlu'r fuddugoliaeth heno mewn gwledd. Adwaenit ti Robert Brown?"

"Bondigrybwyll, ffŵl a chythraul mewn croen llo," ebe Robin, "ac y mae'n debyg y byddi dithau yn ei wledd? Adar o'r unlliw ehedant i'r unlle!"

"Yr wyf yn un o'r gwahoddedigion," ebe'r milwr, "ond nid yw'r dyddiau drwgdybus hyn yn caniatáu i ddau Gymro ymddiddan yn hir ar yr heol. Ymneilltuwn am gorniad o fetheglin i Westy'r Baril."[*]

Cerddasant yn araf at dafarndy a safai ar gwr gorllewinol y ddinas gaerog, ac un o'r tai talaf ydoedd yn Nghaerllion, a llechweddau dwyreiniol swydd Fflint i'w gweld yn amlwg ohono ar dywydd clir, yn enwedig o'i ystafelloedd uchaf. I un o'r goruwch-ystafelloedd hyn y dringodd y ddau, modd y caent lonydd a thawelwch oddi wrth y genfaint feddw a heigient waelod y gwesty. Goruwch y niwl a ddechreuai ymgodi oddi ar y Dyfrdwy tremiai y milwr yn edmygus ar ei wlad enedigol; tra yr oedd Robin yn cadw ei lygad yn ddi-baid ar allt yr Hob; i ba beth, ni wyddai ei gyfaill. Yna cymerasant edefyn eu hymddiddan blaenorol i fyny.

"Y mae yn ddrwg gennyf dros Harri," ebe Goronwy, "er mai chwelan[†] penfeddal ydyw."

"Duw helpo pob dyn sydd yn wrthrych tosturi Brogiad," ebe Robin.[‡]

"Duw helpo pob dyn sydd yn wrthrych tosturi dyn," ebe'r milwr, tan ocheneidio.

"Ond beth am dosturi merch? Beth am y merched?" ebe Robin.

"Gwaeth fyth," ebe Goronwy, "gwaeth fyth! Gwell

---

[*] *Corniad:* h.y. corn yfed; *Metheglin:* medd.

[†] *Chwelan:* newidiog, anwadal.

[‡] *Brogiad:* Llysenw pleidwyr llinach frenhinol Caerefrog, a'i Rhosyn Gwyn.

gennyf innau fod yn wrthrych serch pob lodes lân a welais erioed na'i thosturi. Glywaist di, Frogiad, fod Morfudd yn mynd i'w phriodi?"

"Morfudd! priodi! pwy! Na chlywais," ebe'r swyddog, mewn mawr syndod.

"Chlywais innau ddim," atebai Robin, gan ail osod ei olwg drachefn i orffwys ar allt yr Hob. "Ond pwy ydyw'r darpar gŵr?"

"Ei chariad," ebe'r cellweirddyn yn bur dawel. "Mae'r merched Castriaidd yn arfer priodi eu cariadon; hynny ydyw, os bydd eu brodyr yn fodlon; os na byddant yn fodlon, wel, nid oes dim i'w wneud ond priodi cariadon eu brodyr; neu, yr hyn sydd yn waeth fyth, peidio priodi o gwbl." Edrychodd Goronwy yn ddychrynllyd o ddifrifol. "Eglura dy hun, yr hanner pan cellweirus," ebe ef, "pe gallwn gredu am eiliad fod Morfudd yn anffyddlon i'w gair, myn y Gŵr sydd uwchben, byddwn innau yn anffyddlon i'm bywyd fy hun; mi a drown y deml o gnawd hon sydd amdanaf y tu gwrthwyneb allan."

Ond er gwaethaf yr apeliad nerthol hwn a wnâi y milwr ar ran ei deimladau, daliai y gwladwr i ymdderu:—

"Y mae Rheinallt mor anhawdd ei blygu â derwen; ac yn dal bob amser fod Rhosyn Coch pybyrwch yn paru yn dda hefo Rhosyn Coch prydferthwch. Yn wir, y mae yn erbyn cymysgu lliwiau."

"Oes sicrwydd mai dyna ydyw ei syniad?"

"Cyn sicred â bod dwfr y Ddyfrdwy bob amser yn rhedeg i'r môr."

"Aros di Robin, yr hen walch! Nid yw'r Ddyfrdwy yn rhedeg i'r môr ar ddistyll llanw."

"Ei bai hi yw hynny," ebe Robin, yn sych ryfeddol.

Ar hyn, canodd cloch y cyfnos, yn rhybuddio dinaswyr Caerllion i roddi eu tanau allan; ac yn gorchymyn pawb i brysuro o dan eu cronglwydydd eu hunain. A chan nad oedd nemor faeth ar esgyrn ymadroddion Robin, dymunodd Goronwy "Nos da," gan ddweud fod yn llawn bryd iddo ef fod yn y wledd.

Ond yn lle mynd yn syth i'r wledd, trodd i lawr at yr afon, a thrwy y naill heol ar ôl y llall hyd oni ddaeth at fwthyn isel ei fondo,* ac afler ei ddiwyg. Agorodd y drws mor sydyn, fel y dychrynodd unig breswylydd y bwthyn – hen wrach gibog, yr hon oedd ar y pryd yn pendwmpian uwchben y marwor, a'r hon a neidiodd i fynnu gan ofyn mewn llais cras, fel crawciad cigfran wedi crygu, ac mewn Cymraeg glan gloyw, yn enw y Goruchaf, pwy a pha beth oedd yno?

"Tro i'th lyfr, Cadi Gyfarwydd," ebe'r milwr, "a chei weld nad oes yma neb amgen na chydwladwr gonest, o'r enw Goronwy ap Gredifel, a fynnai wybod gennyt ei dynged."

"Ira fy llaw," ebe'r wrach.

Nid oedd y llanc yn deall yr ymadrodd.

"Men wichlyd ydyw men heb ei hiro," ebe'r ddewines.

Meddyliai Goronwy fod mawr a dwfn wybodaeth y ddewines wedi drysu ei synhwyrau. "Wyt ti yn ynfydu, dywed?" ebe ef.

"Welaist ti ynfyd erioed a wrthodai weithio cyn cael tâl? Myn holl swynwyr yr Aifft, ac astronomyddion Caldea, a phroffwydi Baal duw Ecron, nid agoraf fy mhig i ateb gofyniad arall o'r eiddot, oni theli imi aur ar fy llaw. A chofia di, filwr, na wna rhyw farciau Castriaidd diwerth sydd ar led gwlad y dyddiau hyn mo'r tro i mi. Aur, aur treigliadwy, neu ni waeth i ti annerch Moel y Fenlli ar lafar na minnau."

"Nid oes gennyf aur; ond dyma i ti ddarn o arian; –

---

* *Bondo:* Bargod.

y mae arian gan Gymro cystal ag ydyw aur gan Sais."

Ac yr oedd yn amlwg ddigon y credai yr hen wrach fod arian mewn llaw yn well nag aur ar dafod. "Pa beth a fynni di â'r, oraclau, filwr?" ebe hi.

"Mi a fynnwn wybod a rydd tynged i mi y ferch a garaf."

Goleuodd Cadi gannwyll frwynen, er mwyn ymgynghori a'i llyfrau; ac os oedd yn bosibl perffeithio yr ymgnawdoliad hwnnw o graster trwy ychwanegu at graster y llais a lefarai fel oracl yn y tywyllwch, yr oedd y cyfryw chwanegiad, mae'n ddiau, i'w gael yn ymddangosiad garw yr hen Gymraes hirben tra yn troi y naill ddalen o femrwn ar ôl y llall wrth oleuni gwan y frwynen. Trodd liaws o ddalennau yn olynol, ond ni chredai Goronwy ei bod yn darllen dim; yn wir yr oedd yn amheus iawn ganddo a allai hi ddarllen o gwbl. Llygadrythai yn hir ar rai o'r arwyddluniau cyfrin a frithent y dail. Pesychai hefyd gryn lawer fel un yn teimlo pwysigrwydd ei swydd. Ac wedi ennyd hir o ddistawrwydd mynwentaidd, llefarai rhywbeth tebyg i gigfran o grombil yr hen ddewines:

"Y mae yn arferiad yn ein plith ni." ebe hi (cyfres o besychiadau), "ddarlunio gwrthrychau eu serch i'r sawl a ymgynghorant â ni. A fynni dithau ddisgrifiad o Forfudd y Tŵr?"

"Nid i ymofyn disgrifiad o Forfudd y deuthum atat ar yr awr anamserol yma o'r nos, Cadi; y mae ei darlun eisoes yn ddwfn ar lech gysegredig fy nghalon; ond i ymholi os yw'r duwiau yn fodlon."

"Ydynt," ebe'r ddewines, "un ffordd; nag ydynt, ffordd arall."

"Eglura," ebe Goronwy.

"Y mae i Forfudd frawd, ewyllys yr hwn sydd mor anhyblyg â thynged ei hunan. Rhaid iti naill ai plygu yr ewyllys honno neu ennill ei serch. Plygu ei ewyllys ni elli."

"Ond pa fodd yr enillaf ei serch, ynte?"

"Trwy arbed ei fywyd," ebe'r ddewines.

"Pa le, pa fodd, pa pryd, y caiff Goronwy ap Gredifel gyfleustra i arbed bywyd Rheinallt ap Gruffydd o'r Tŵr?"

"Ynghynt nag y disgwyli. Hwyrach mai mewn breuddwyd heno; cadw dy lygaid yn agored, a'th gledd yn finiog. Nos dda it', filwr. Dos," ebe Cadi, gan ddiffodd y frwynen, agor y drws, a thrwy ei hymddygiad cystal â phe rhoesai droediad i'w hymwelydd tros y rhiniog allan i'r heol gul, a chaeodd y drws yn ddigon di-foes yn ei wyneb.

"Nos dda it', ellylles, neu broffwydes, pa un bynnag ydwyt; does neb fawr ddoethach 'nelo hynny glywo gennyt ti a'th fath," ebe'r milwr wrtho ei hun, gan ddychwelyd yn brysur, ac edrych ar dde ac aswy, rhag bod rhywun yn ei weld yn ymdaith felly gefn trymedd y nos yn y fath le. A thra yr oedd ef yn hunan-sibrwd ar ei lwybr, "Pethau rhyfedd ydyw dewiniaid," yr oedd hithau yn chwerthin yn ei llawes ac yn dweud, "Dyna un pleidiwr i ymgyrch Rheinallt heno, beth bynnag."

Fel yr oedd Goronwy yn brysio ymlaen, daeth dyn (cyn belled ag y gallai ef farnu yn y tywyllwch) yn bwtsh i'w gyfarfod;* a chiliodd yr un mor sydyn yn ei ôl. Pwy a pha beth ydoedd ni wyddai; bu yn dyfalu am ychydig beth ydoedd; ac os dyn, pwy? Ond llithrodd ei fyfyrdodau yn fuan at y neithior – ei bod weithian wedi dechrau, a gorau po cyntaf y lluniai rhyw esgus dros ei amhrydlondeb. Cyrhaeddodd yno, a chafodd fod y floddest eisoes wedi dechrau; a'r gwest ar ei draed yn annerch (mor rhugl ag y caniatâi ei dafod bloesg) ei westeion. Cyfeiriai at fuddugoliaeth yr Iorciaid ar faes

---

* *Pwtsh:* Uniongyrchol, disymwth.

Hexham;* ac wrth ei ddull pendant yn proffwydo llwyr ddinistr y Lancastriaid, meddyliai Goronwy fod Brown a Chadi Gyfarwydd yn darllen yr un llyfrau. Odid yr agorai un o Saeson Caerllion ei big yn yr oes honno heb roddi lach i'r Cymry. Ebe ef:

"Y mae'r Cymry yn Gastriaid i gyd; ond fe laddwyd cannoedd ohonynt yn Hexham; diolch i Dduw am hynny. Draen yn ystlys Lloegr ydyw'r genedl fechan, ddinod, droednoeth hon er y dydd y glaniodd Hengist, ein tad ni oll, gyntaf yn Mhrydain: a gorau bo'r cyntaf y diwreiddier y ddraen, wreiddyn a changen." (Gan droi at y gwasanaethyddion;) "Dygwch y llestri arian yna a gymerais i a'r penceisbwl† ddoe oddi ar y prydydd Cymreig gwirion-ffôl hwnnw a feiddiodd droseddu un o'n cyfreithiau gonest ni trwy briodi gweddw un o'n dinasyddion, sef yw honno Dolly Cheshire. Dyma nhw. Yfwch win ohonynt i lwyddiant Iorciaid, a dinistr eu gwrthwynebwyr, yn enwedig pob Cymro ymhlith ein gelynion."

Prin y gallai Goronwy gynnwys ei hun yn ei groen wrth wrando ar y cabledd iselfoes hwn. Cychwynnodd unwaith tuag allan, ond barnodd wedyn mai rhoddi pwysigrwydd ar beth a ddylai fod islaw sylw a wnâi hynny. "Ffŵl meddw fel hyn yn siarad," ebe, "nad oes ganddo yr un teithi rhagorol ar ei elw ond wynebgaledwch; llyfrgi a ffoai am ei fywyd oddi ar ffordd cyw ceiliogwydd. A dyma lestri'r prydydd, druan, ysgatfydd nad yn meddiant yr archleidr hwn yr arhosant; ni chair mohonynt o fachau y Carn-Sais ysgeler hwn mwy nag y ceir caws o ganol corgi."

---

* Buddigoliaeth o bwys i'r Iorciaid oedd Brwydr Hexham (15 Mai 1464); cadarnhaodd le'r Brenin Edward (Iorwerth) IV am nifer o flynyddoedd.

† *Penceisbwl:* 'Catchpole', swyddog o bwys, oedd y Ceisbwl.

Aeth y wledd ymlaen am oriau, cyfeddach ddylid ddweud, oblegid yr oedd dynion yr oes honno wedi dechrau troi nos yn ddydd; ond gan na ddwedwyd dim yn gyhoeddus ynddi ond yn ysbryd gwantan Robert Brown, a phob llefarwr yn yr un cyflwr glwth ag yntau; ni a'u gadawn man y maent, er mwyn dychwelyd at hanes eraill sydd yn dal cysylltiad â'r rhamant.

Beth ddaeth o Robin? Wel, bondigrybwyll, efe oedd y sypyn du hwnnw o ddynoliaeth a ddaeth yn bwtsh i gyfarfod Goronwy yn yr heol gul; a chan fod ganddo lygaid, yn ôl barn lliaws, a welent cystal mewn tywyllwch dudew ag yn wyneb haul a llygad goleuni, adwaenodd ei ddyn, a chiliodd gynted gallai oddi ar ei lwybr.

"Go lew," ebe Robin, ar ôl i'r milwr ddiflannu o'r golwg, "beth a wna Goronwy, tybed, mewn lle fel hyn? Deunydd crafiad arno eto."

Ac wedi cael y llwybr yn rhydd, hwyliodd ei gamau mor ysgafndroed fyth ag y medrai, gan y buasai yn enbyd iawn arno pe cawsid ef yn yr heol yr amser honno ar y nos. Ac i ba le yr aeth, a drws pwy a agorodd ond drws Cadi Gyfarwydd. Hi a adwaenai sŵn ei droed, a'i ddull yn codi'r glicied; ac o ganlyniad, ni chynhyrfwyd hi megis gan ei hymwelydd blaenorol.

"Pwy feddyliet ti fu yma yn cael darllen ei dynged ond darpar Morfudd ferch Gruffydd o'r Tŵr. Bachgen hardd glandeg ydyw Goronwy; Duw a'i helpo! Yn nghorbwll serch at ei glustiau?"

"Yr oedd yn hawdd iawn i ti ddweud ffortun y brawd yna, Cadi;" ebe Robin, "oblegid yr oeddit yn gwybod ei holl hanes eisoes."

"Mi a ddwedais wrtho, ac mi ddwedais hefyd nad oes iddo fawr o sail gobaith am law Morfudd, ond trwy arbed bywyd ei brawd. Wyt ti yn gweld peth fel yna, Bondi?"

"Dipyn," ebe Robin, "dipyn. Pa le mae dy lanciau y

soniaist amdanynt?" ebe ef.

"Yn y penty draw yn gloywi eu cleddyfau wrth olau'r sêr. Deuddeg, Robin, o fechgyn o'r un wlad ag Owain Glyndŵr a Llewelyn. Welaist neu glywaist ti rywbeth oddi wrth bobl yr Wyddgrug?"

"Gwelais o groglofft y *Baril* yr arwydd; ac ni ryfeddwn i na byddant oddi allan i'r muriau cyn y gwaedda'r gwylwyr hanner nos."

"Rhaid rhybuddio'r llanciau i fod yn barod i wneud rhuthr ar y porthorion oddi fewn y foment y bydd Rheinallt yn ymosod oddi allan."

"Rhagorol iawn," ebe Robin. "Y mae dy ben di yn ddigon hir i fod ar ysgwyddau cadlywydd."

Yfai'r hen ddewines eiriau'r canmolwr, fel yr ŷf ych sychedig ddyfroedd peraidd, a gwenodd nes hanner ymlid ymaith yr hagrwch a'i nodweddai.

"Rhyfedd iawn ydyw serch, Robin," ebe hi.

"Rhyfedd iawn," ebe Robin.

"Deimlaist ti oddi wrtho erioed?"

"Dim, o drugaredd," oedd yr ateb.

"Fel pob llencyn serch-nwyfus, mynnai Goronwy godi'r llen oddi ar lwybr tynged. Fe dyr ei galon wirion cyn pen nemor amser os na chaiff gyfleustra i arbed bywyd brawd ei ddyweddi."

"Boed felly y bo," ebe Robin.

Pennod VII

Safai dengwr-a-deugain ar ganol y gwastadedd eangfaith a elwir Morfa Caer, a Rheinallt ap Gruffydd a'i fyddin fechan oeddynt. Y gwŷr traed a sychent y chwys oddi ar eu hwynebau; a'r gwŷr meirch a gurent eu dyrnau yn erbyn eu ceseiliau er mwyn tynnu y gwynt-rhew oddi ar eu bysedd, ac eisteddai eu cadweinydd dewr ar gefn ei Garnwen (cyn sythed â brwynen), yr hon a branciai yn nwyfus falch oddi tano. Er eu bod o fewn hanner milltir i'r ddinas gaerog, teyrnasai y fath dawelwch o'u hamgylch fel y gallent bron glywed chwythiadau eu hanadl eu hunain. Yn ystod eu taith, diflanasai y llu nefol o'u golwg o un i un; ac er bod y lloer a'r sêr yn absennol, nid oedd y nos yn dywyll iawn; canys er yn anamlwg, goleuadau'r nefoedd a dywalltent rhyw gymaint o'u pelydron trwy y cymylau gwlanog gwynion, fel y gallai y naill yn y fintai weld y llall. Disgynasai y gwŷr meirch, a rhwymasent eu ceffylau wrth lwyn o bolion o goed oeddynt yn marw yn raddol uwchben eu traed ar ganol y Morfa. Ni lefarwyd ond ychydig o eiriau, a'r rhai hynny mewn sibrwd ac yn ddifrifol. Distawai'r tafod, er mwyn i'r dwylo baratoi at lefaru, canys yr oedd y cyfwng gerllaw.

"Cymru am byth!" ebe Rheinallt, mewn llais isel treiddgar;

"Cymru am byth!" ebe'r dynion ar adenydd eu hanadl.

"Heb Dduw, heb ddim," ebe'r blaenor;

"Heb Dduw, heb ddim," ebe hwythau ag un llais.

"Duw a digon," ebe ef;

"Duw a digon," ebe hwythau.

"Fy mrodyr," ebe Rheinallt, "cofiwch mai nid gwaed nac ysbail ydyw ein neges i Gaer heno; ond mai ein hamcan ydyw adfer i ddyn o'r un gwaed â ni eiddo a gymerwyd oddi arno trwy drais. Eithr os saif perchen gwaed ar eich ffordd gan geisio eich lluddias i gyrraedd yr amcan mewn golwg, nid oes ond ei frathu. Brathwch hyd y carn y sawl a'ch rhwystro. Cadwch ynghyd yn yr ysgarmes; cofiwch mai hawdd torri edefyn ungorn."

Wedi gorffen yr oedfa hon o weddi a phregeth, ymdeithiasant ymlaen i'w hymgyrch feiddgar, gan gerdded yn araf a distaw fel na ragflaenid eu hymddangosiad gan eu trwst. Daethant yn fuan i ymyl y ddinas, a safasant er mwyn clustfeinio. Tybid fod y porthorion yn cysgu. Safent gerbron y dring-ddrws,[*] ac nid oedd ond tawelwch y bedd o'u deutu, oddieithr fod y gwynt gaeafol yn chwiban yn awr ac eilwaith yn rhidyllau'r mur gerllaw. Ar amrantiad, rhoddwyd y gorchymyn:

"Rhuthrwch ar y ddôr fel un gŵr, a gwthiwch ef ar gefn ei wylwyr."

Rhuthrasant arno fel tarw hyrddiog; ond er cryfed yr hyrddiad, daliodd y *dringddrws* yn ddigon dieffaith, oddigerth iddo grawcian dan yr ergyd. Methai'r gwylwyr hanner cysglyd oddi fewn ddirnad pa beth a barasai y fath sŵn, ac agorodd un ohonynt gil y drws yn ddigon difeddwl, gan fod y llawenydd oherwydd buddugoliaeth Hexham wedi cyrraedd calon hyd yn oed y gwylwyr distadl, ac alltudio ohonynt bob pryder a seremoni. Trwy gil y drws felly, ymwthiodd tri o'r Cymry er gwaethaf ei geidwaid i mewn, a brwydr boeth a ganlynodd rhwng y rhai hyn a'r porthorion, tuag ugain

---

[*] *Dringddrws:* Giât amddiffynnol yn y canol oesoedd a agorai drwy godi i'r nenfwd (Saes. *Porcullis*). Mae Foulkes yn defnyddio tri therm gwahanol amdano o fewn dwy dudalen!

mewn nifer. Dechreuodd gwaed redeg yn ebrwydd, ac er ffyrniced yr ymladdai'r triwyr dewr hynny, gorchfygid hwy gan y lliaws gwŷr yn eu herbyn. Cafodd un o'r tri ergyd enbydus â dagr yn ei fraich ddehau, yr hyn a'i hanalluogodd; a gwthid y ddau arall yn gyflym i gongl ac y buasai raid iddynt yn fuan roddi arfau i lawr. Yn y cyfwng pwysig hwn, wele Robin Bondigrybwyll, a'i ddeuddeg Cymro, yn ymddangos ar y chwaraefwrdd, ac yn ymosod ar y porthorion o'r tu cefn, yr hyn a barodd ddychryn ac anhrefn ymhlith y Saeson. Ffodd y naill hanner ohonynt i ystafell gyfleus oedd yn y tŵr gerllaw, a phrysurodd y gweddill i ystafell arall gyferbyn. Bolltiwyd y dorau arnynt, a chodwyd y ddring-ddôr fel y deuai Rheinallt a'i wŷr oddi allan i mewn. Efe a ganfu ar unwaith sefyllfa pethau, ac archodd ddiarfogi gwŷr un ystafell yn gyntaf, ac yna y llall; a gadael ychydig wŷr yno gyda chleddyfau noethion i'w gwylio fel nad ynganent air ac na wingent o'r lle dan berygl marwolaeth. Hynny a wnaed; ac yr oedd y gwylwyr bostfawr hynny mor ddiymadferth â babanod newydd eni. Er pwysiced y digwyddiadau uchod, cymerasant le mewn llai na chwarter awr o amser, ac mor ddidrwst fel na chythryblwyd undyn ond y pleidiau ymladdol eu hunain. Na, gan gofio, yr oedd un arall yn llygad-dyst o'r miri: safai Cadi Gyfarwydd heb fod nepell o'r lle yn eirias chwilboeth o ddiddordeb yn yr helynt, gan gau ei dyrnau, cnoi ei gwefusau, a galw bob yn ail ar ei Thad, yr hwn sydd yn y nefoedd, ac ar dad arall i Gadi, fel y dywedai Robin, "yr hwn *nid* yw yn y nefoedd."

Prin y rhaid dweud nad oedd derfyn ar ei llawenydd pan y deallodd pwy fu drechaf. "Nid yw hyn ychwaith ond dechrau," ebe hi. Ac ar hyn, clywai lefain undonog yr heol-wyliwr a hysbysai yr awr ar y nos, yn dynesu tuag at y fan. Rhedodd fel ewig trwy heol gefn er mwyn peidio ei gyfarfod; a phan ddaeth hi felly o'r tu cefn iddo,

a chael masgl arno, hi a ddodes blastr o lud gwydn yn
orchudd tros ei holl wyneb, fel na allai'r truan weld
llewyrch, yngan gair, na thynnu ei anadl ond trwy fawr
ymdrech. Yn y dull ansyber hwn, llusgodd ef at y porth,
rhoes ef yn ngofal Rheinallt, yr hwn a'i derbyniodd ef
yn ddiolchgar, ac a'i trosglwyddodd, ar ôl tynnu ei
fwgwd, i'r un ystafell a than yr un llywodraeth a'r
carcharorion eraill. Pan ddeallodd y Cymry am ystryw a
gwrhydri yr hen Gymraes wladgar, bron na thorrodd eu
brwdfrydedd tros y llestri mewn banllefau o
ganmoliaeth, yr hyn a fuasai'n dra niweidiol i'w hachos.

Rhoes Robin wybodaeth sicr yn fuan i Rheinallt mai
yn nhŷ Robert Brown yr oedd yr eiddo atafaeledig – fod
y llwynog hwnnw yn eu cadw i'w ddibenion ei hun, ac
nad oedd awdurdodau y ddinas yn gwybod ond y nesaf
peth i ddim yn eu cylch. Parodd hyn symbyliad
ychwanegol i adfeddiannu'r eiddo, gan y gwelid fod
cyfraith annheg wedi ei defnyddio yn anghyfreithlon.

"Tuag yno fechgyn," ebe Rheinallt, "mor ddidrwst
fyth ag y medroch. Y mae Cŵn Caer yn cysgu, ond
cofiwch ysgafned y cwsg ci."

Pennod VIII

Tra y mae pethau yn prysur aeddfedu i rhyw derfyniad pwysig yn Nghaerllion, beth fyddai i ni daflu cipolwg pa fodd y maent hwy yn dyfod ymlaen yn y Tŵr. Yr oedd Siôn ap Gruffydd yn fwy ffwdanus nag erioed, ac fel pobl ffwdanus yn gyffredin, yn siarad llawer ag ef ei hun. Yr oedd Siôn, beth bynnag a fo, yn credu yn gryf mewn croen iach; ac er bod Rheinallt ac yntau yn frodyr un-dad un-fam, o "waed coch cyfan," fel y dywedir; yn hynny o beth yr oeddynt yn berthnasau tra phell. Nid oedd ychwaith hanner mor gartrefol hefo Lewys, ar ôl deall mai Lewys oedd achos yr ymgyrch beryglus hwn o eiddo ei frawd. Yr oedd Lewys yntau yn llawn penbleth, fel y gellid disgwyl – methu yn glir faes â ffrwyno ei ddarfelydd bywiog rhag prancio ynghanol digwyddiadau tebygol Caerllion y noson honno. Yr oedd ei feistr nwyd digofaint wedi ei lwyr orchfygu ar y pryd gan deimlad cryfach o bryder am ddiogelwch y fintai aethai allan mewn gwirionedd i ymladd ei frwydr bersonol ef. Yr oedd Morfudd yn bryderus iawn yn nghylch ei brawd, ac efallai nad oedd ei phryder nemor llai parth un arall a gymerai ran, yn ôl pob tebyg, yn yr ymdrafod; ond tra yn ofni'r gwaethaf, gobeithiai'r gorau; a darfu i ofn a gobaith yn eu tro yr hwyr hwnnw lanw ei llygaid â dagrau amryw weithiau. A welsoch chwi ardd flodau dan gafod o law cynnes? Dyna Morfudd. Nodwedd Gwenllian ydoedd dwysderni; ddeuai cynyrfiadau ei chalon hi i'r golwg ond rhyw unwaith neu ddwy mewn oes.

Gyda'r gwahanol deimladau hyn, y dynesodd y pedwar crybwylledig i fwrw heibio amser hwyr-drwm ei gam am orig neu ddwy wrth y tân; ac wedi i Lewys eu hatgoffa "fod gobaith o ryfel ond nid o fedd," cymerodd yr ymddiddan agwedd dipyn siriolach. Dechreuodd Morfudd adrodd atgofion digrif am rai o gampau direidus Rheinallt pan yn blentyn.

"Wrth feddwl," ebe'r bardd, "Morfudd, yn mha le y cafodd dy frawd ei ddysg? Canys dysg ei wala yn ddiau sydd ganddo."

"I ddechrau," ebe'r rhiain deg, gan fy mam wirion, sydd ers blynyddau yn y bedd – hyhi a ddysgodd iddo ddweud ei bader, cyfrif ei baderau, ac ymgroesi. Yna, ei hebrwng a gafodd i fynachlog Basing, er ymgydnabod â defodau crefydd a dysgu Lladin, a'i athro yno ydoedd Ieuan Offeiriad, rholyn o fynach bodlon yn saim o'i gorun i'w sawdl."

"Ac yn meddwl mwy am ferched teg," ebe Siôn, "ac am gwrw, nag am grefydd a defodaeth."

"Adwaen y gŵr yn dda," ebe'r bardd, "ond ewch chwi ymlaen."

Parhaodd Morfudd, "Wedi treulio blwyddyn yn Basing, yn bennaf yn perffeithio ei ddireidi bachgennaidd, bu am rai misoedd yn Nghaerllion gyda marsiandwr yn dysgu Saesneg."

"Daw ei Saesneg a'i hyddysgrwydd o ddaearyddiaeth Caerllion o wasanaeth iddo heno, mae yn dra thebyg," ebe Lewys.

"Bwriadai ein tad wneud offeiriad neu farsiandwr ohono," meddai Morfudd.

"Ond trech natur nag arfer," ebe Gwenllian.

Hwyrhaodd yr hwyr tan chwedleua am y naill beth a'r llall; Lewys yn "ymddarostwng" i gyfarfod ansawdd meddyliau y tri arall, a hwythau yn ymddyrchafu gorau gallent i gyfarfod chwaeth yr arwydd-fardd; nes o'r diwedd y dechreuid meddwl fod cwsg yn felysach nag ymddiddan. Ond dyna siarad yn y gegin, llef baban yn crio, a sŵn troed a llais neb amgen y Bondigrybwyll yn dyfod ar frys at yr ystafell yr eisteddent ynddi. Daeth i mewn a chanddo enethig fach anwydog tua theirblwydd oed ar ei fraich.

"O ble y daethost, Robin," ebe Siôn, "a pha le y cefaist y plentyn yna sydd ar dy fraich?"

"Bondigrybwyll, o Gaer, ac ar Forfa Caer, mewn ffos clawdd, y cefais y plentyn. Dyna i chwi blentyn iawn i'w gael ar lawr."

"Welaist ti Rheinallt a'r fintai?"

"Bondigrybwyll, gwelais hwynt; y maent yn groeniach ddihangol oddi fewn i furiau Caerllion. Trwy gydgyfarfyddiad hapus callineb, ystryw, a damwain, cawsant borth yn lled ddidrafferth a digolled oddigerth braich Rodri o Dreuddyn, yr hon a archollwyd yn dost. Wedi iddynt fynd i mewn, minnau a lithrais yn lladradaidd allan, modd y dygwn y newydd i chwi y gwyddwn oedd yn bryderus amdano. Cymerais un o'r meirch danaf, carlamais yn chwyrn, clywais lefain plentyn, pigais berchen rhynllyd y llef i fynnu, a dyma'r plentyn, a dyma finnau."

"Mawrglod a diolch it," ebe oll yn unllais, "y mae Robin yn dyfod i'r golwg bob amser y bo ei eisiau."

"Ond pa beth a wnawn ni â'r plentyn hwn?" ebe Siôn ap Gruffydd.

"Ei fagu," ebe Morfudd, "beth arall a wnawn â chreadur ddanfonodd y Forwyn Sanctaidd atom megis o bwrpas i'w feithrin a'i ymgeleddu?"

"A fynnit ti i Robin ei gymryd yn ôl i ffos y clawdd?" ebe Gwenllian.

"Na fynnwn, na fynnwn i," ebe Siôn.

A bu ymryson rhwng y ddwy chwaer galongynes pa un a gâi ddangos ei charedigrwydd gyntaf a chryfaf i'r caffaeliad gwirion. Ni chymerai'r prydydd ond ychydig sylw o'r plentyn na'r ymddiddan yn ei gylch;

ymddangosai fel pe wedi llwyr ymgolli mewn myfyrdod dwys ar y newydd a glywsai am Rheinallt a'r fintai. Pa fodd yr ymdrawent gyda'u gelynion? Ac a ddeuent byth allan yn fyw o ganol giwed mor fileinig? Oeddynt ymholiadau a lyncasent ei feddwl yn gyfangwbl. Ac yr oedd y rhianedd mor ddedwydd yn yr hyn a glywsent am eu brawd, ac mor brysur yn cynhesu, yn diwygio, ac yn anwylo, y bod bychan, ac yn dotio arni yn parablu ymadroddion byrion plentyn, a Robin yntau mor brysur yn ymgyfarchwel â'i ymborth, fel y cafodd Lewys egwyl hapus i ddilyn ei fyfyrdodau. Pa fodd bynnag, daeth ychydig gyfnewidiad tros yr olygfa, trwy i gawod drom o genllysg ddisgyn. Disgynnent yn unionsyth ar eu pennau trwy dwll y mwg fel pe trawid hwy â phys mawrion, a bu raid iddynt oll encilio oddi wrth y tân, a gadael rhwng y ddwy elfen a'u gilydd. Canys er bod palas y Tŵr neu Broncoed o oes i oes yn eiddo bonheddwr ucheldras, nid oedd haiach llwybr mwg na thwll crwn yn y to. Ganrif yn ddiweddarach y daeth simneiau i arferiad, hyd yn oed yn mhalasau boneddigion; ac nid yw'r Gymraeg yn y 19eg ganrif wedi ei chynysgaeddu ag amgen gair am lwybr geuol mwg na'r llygriad musgrell simnai.

Yn nghynnwrf y symud ystolion o gyrraedd y gafod genllysg drom, daeth cennad i'r ystafell yn hysbysu fod dynes druanaidd ei gwedd a'i diwyg wrth y porth yn deisyf siarad gair â Morfudd, os nad oedd hynny yn ormod cymwynas i'w gofyn ar y fath awr o'r nos. Nac oedd ddim; ymaith â hi, a chafodd y druanes yn pwyso ar ystlysbost y drws mewn hanner llewyg. Gwelai yn union ei bod yn wrthrych arbennig trugaredd; gwahoddodd a chynorthwyodd hi i'r gegin. Yr oedd dagrau, chwys, a cenllysg, wedi ei gwneud yn wlyb diferol; a dygai yn ei chorff nodau amlwg adfyd a chaledi. Trwy ymdrech y gallai dynnu ei hanadl boenus; ac yr oedd mor neilltuol o wan, fel mai prin y gallai yngan ei chais a'i dymuniad.

"Morfudd," ebe hi, "nid wyt yn fy adwaen," (ac yr oedd hynny yn eithaf gwir) "mam y plentyn yna ydwyf; a genhedlwyd trwy drais, ac a ymddygwyd mewn gofid mawr; ac a fagwyd hyd yn hyn mewn dygn drallod a chaledfyd, Robert Brown, maer Caer pan anwyd y lodes fach ydyw'r − ; a pharodd tan fygythiad o'm lladd ei boddi yn yr afon Ddyfrdwy. Fedrwn i ddim! Fedrwn i ddim," ebe hi gan wasgu ei dwylo ynghyd yn ngwasgfa ei henaid. "O! Riain deg a hawddgar," ebe hi drachefn, "tosturia wrth Gymraes dlawd yn min marw: nodda fy mhlentyn!"

A chyda'r gair syrthiodd yn farw ar lawr y gegin. Yr oedd yn amlwg ei bod gerllaw yn gwylio'r plentyn; a phan gododd Robin ef i fyny, rhedodd ar ei ôl gyda chyflymdra ac ynni a ddychwel weithiau i gyfansoddiad yn dadfeilio, fel fflam ddiweddol cannwyll, yn enwedig pan chwythir yr adfywiad gan angerddoldeb cariad mam.

Pennod IX

"Y mae Cŵn Caer yn cysgu yn rhagorol," ebe Rheinallt, "na thorrwch ar eu breuddwydion."

Cerddasant ymlaen yn wyliadwrus, a buont yn dra ffodus yn eu hymgyrch, gan iddynt gyrraedd tŷ Robert Brown heb i ddim neilltuol ddigwydd ond dal trwy gynllwyn ambell i wyliwr, a'i drosglwyddo yn ddiogel at ei frodyr i dyrau y porth. Fel y dywedasai Glyn Cothi, bu gwybodaeth flaenorol Rheinallt o heolydd y ddinas o gryn wasanaeth iddo, a Chadi Gyfarwydd ydoedd gyfarwydd iawn yn y pwnc – parth yr heolydd doethaf i'w hymdaith. Cyraeddasant balas Brown ymhen tuag awr ar ôl eu dyfodiad o fewn y caerau. Ymosodasant arno o'r tu cefn. Neidiodd Cadben Ifan i ben mur uchel, a disgynnodd yn lwmp i ystafell y cogyddion, gan eu dychryn yn ddirfawr, a pheri codi gwaedd yn eu plith uwch adwaedd. Ffoesant am eu bywydau, gan hanner gredu fod y nefoedd yn dechrau glawio am eu pennau wŷr arfog. Yr oedd y tŷ cyn pen ychydig funudau yn gynnwrf drwyddo o ben bwy gilydd. Rhuthrai y naill heibio'r llall yn chwyrn, heb gymryd amser i holi ei gilydd pa beth a barasai y fath gythrwfl. Y syniad cyffredin ydoedd mai lladron oedd wedi ymosod ar y tŷ; ac mewn amser, casglwyd ynghyd y bwa-saethau a'r cleddyfau. Cyn belled ag y gellir casglu oddi wrth lyfrau hanes Caerllion, a dinasoedd cyffelyb, prin y rhifai palasau y boneddigion pennaf *mewn dinas* ragor na chwech ystafell. Nid oedd palasau y 15fed ganrif ond bythynnod o'u cyferbynnu ag anheddau eang a heirdd uwchradd yr oes hon.

Cadwodd y Cadben Ifan ei hunan-feddiant yn

rhagorol. Agorodd ddrws y cefn a daeth y gwŷr yn llifeiriant i mewn. Yr oedd portread wedi ei roddi iddynt gan yr hen ddewines pa le y cedwid eiddo gwerthfawrocaf Lewys; a chyrchasant tuag yno. Pa fodd bynnag, yr oedd drysau cedyrn caeedig yn eu rhwystro, a thu cefn i'r rhai hynny, yn ôl pob tebyg, wŷr arfog bellach yn eu gwarchod. Petrusent pa beth i'w wneuthur, ond deallai Rheinallt fod pob munud yn treblu eu perygl.

"Rhuthrwch ar y drysau ag un ymdrech egnïol," ebe ef, "a bwriwch hwynt i lawr fel magwyr gerrig gandryll."

Rhuthrasant felly, a bwriasant y dorau o haearn a'u fframiau bendramwnwgl am bennau eu gwarchodwyr, a dau o'r rhai hynny a laddwyd yn farw gelain yn y fan. Y gweddill a ffoesant yn anhrefnus o'r tu ôl i ddorau cyffelyb eraill. Ond nid oedd angen eu hymlid gan fod y grisiau bellach yn rhydd, ac mai yn y llofft yr oedd yr eiddo atafaeledig i'w cael. Arweiniodd Rheinallt chwech o wŷr i'r ystafell honno, ac yn ddiymaros bwriasant i lawr lestri arian, creiriau gwerthfawr, a thwysged o lyfrau gwerthfawrocach fyth, yn cynnwys hanesiaeth, achyddiaeth, barddoniaeth, &c, gyda gorchymyn ar i'r oll o'r cyfryw gael eu dwyn ymaith ar frys gwyllt at y Porth.

Nid oedd y gelynion yn y cyfamser yn segur. Safai'r ystafell lle cynhelid y wledd tua chan' llath oddi wrth y tŷ – gan nad oedd yn y tŷ yr un ddigon o faintioli. Danfonwyd cennad frysiog at Brown i'w hysbysu fod lladron yn ei balas, a'u bod wedi lladd a chlwyfo amryw o'i weision; ac er bod y loddest wedi cerdded yn mhell, y cynulliad wedi teneuo trwy fod amryw wedi ymadael, a'r sawl oedd yn aros fwy neu lai tan ddylanwad swyngyfareddol diod gadarn, parodd y newydd i'r gweddill neidio ar eu traed, a sefyll gorau gallent mewn pensyfrdandod.

"Daliwn, dialwn!" meddent oll gydag un llais, a

rhedasant gorau gallent tuag at y tŷ ysbeiliedig. Tra yr oedd sŵn eu traed hwy i'w glywed yn nesu at ffrynt y tŷ, yr oedd sŵn traed y sawl a gludent eiddo yr arwydd-fardd yn pellhau oddi wrth gefn y tŷ. Ond yr oedd Rheinallt a deuddeg o'i wŷr eto yn aros – yn aros i chwilio os oedd ychwaneg o'r meddiannau atafaeledig yn gorwedd yn rhywle oddeutu. Daeth y ddwy blaid, modd bynnag, yn fuan wyneb-yn-wyneb a'i gilydd, ac aeth yn daro ffyrnig rhag blaen. Fflachiai tân o ddur y cleddyfau, a suai saethau ar eu hediad dinistriol; ond gan fod maes yr ymladdfa yn gyfyng, ni allai ond ychydig nifer o bob tu gymryd llaw ynddi. Daliai'r Cymry eu tir yn ddewr, er bod dau o'r deuddeg wedi eu harcholli yn dost. Syrthiodd amryw o'r Saeson. Neidiodd Brown fel teigr i boethder y frwydr. "Gweithiwn ein ffordd trwyddynt," ebe Rheinallt.

"Dyma ddifyrrwch braf sydd gan foneddigion y Wyddgrug," ebe'r cyn-faer Robert, "torri tai a lladrata."

"Tydi ydyw'r lleidr, Brown," ebe'r Cymro'n yr un iaith ag ef, "y lleidr duaf, mwyaf ysgeler ymhlith lladron Caerllion."

"Pa beth!" ebe Brown, "Galw dyn yn lleidr yn ei dŷ ei hun! Lladdwch y Geifr gwylltion!"

"Lladdwch y Cŵn cynddeiriog," ebe Rheinallt, a'i gleddyf yn chwyrlio yn ddi-baid, er ceisio torri adwy at yr arch-leidr; ac ofnid y buasai poethder ei dymer yn peryglu ei hoedl."

Yn wyneb dewrder ffyrnig Rheinallt, a'r symbyliad a roddai hynny i'w ychydig wŷr, y Saeson a giliasant yn ôl, a chaeasant y drws ar eu holau fel y gallent ail-drefnu eu rhengau. Erbyn hyn, yr oedd eu nifer yn cynyddu'n gyflym, a rhai o'r Cymry a anogent eu llywydd penderfynol i fanteisio ar yr egwyl, ac encilio gynted gallent. Ond yr oedd gwaed y Cymro ieuanc wedi poethi, a'i ateb ydoedd,

"Ewch chwi ymaith. Mi a ddaliaf y bwlch hwn yn erbyn mil o lyfrgwn gwacsaw."

Ar hyn, agorodd y Saeson y drws eilwaith, a'r cyntaf i ruthro trwyddo ydoedd Dic Alis, rhemwth cethin o Sais bloedd-fawr, hacred ei bryd ag un o ellyllon y fagddu fawr, tyngwr arswydus, fel pe buasai ei dafod wedi ei bedyddio yn nhân uffern ar yr enw "Rheg;" pen-rhuswr a phrif ymladdwr gornest Caer a'r wlad o'i hamgylch; tynnwr cleddyf dihafal, dibris o'i hoedl ei hun a llawer llai o fywyd cyd-ddyn. Rhuthrodd y rhydor iselfoes hwn ymlaen fel dywalgi gwaedlyd a sugnasai fronnau arthes. Chwifiai gleddyf hirlafn yn ei law aswy (canys adyn llawchwith ydoedd) â'r hwn yr anelodd ergyd farwol at ben y Cymro a safai mor ddi-gryn â delw o'i flaen. Rheinallt yn fedrus a ataliodd ymgais cleddyf ei elyn â chefn ei gleddyf ei hun. Edrychasant felly am funud ar ei gilydd, a dialedd yn gwreichioni o'u llygaid, fel y melltenna gwefrdan oddi tan ael cymylau bygythiol. Ymladdfa cewri ydoedd; o ran nerth a medr cyffelyb i un o ornestau dynion-dduwiau ffugdraeth yr hen Roegiaid. Neu, a benthyca cymhariaeth yn nes adref, o faes toreithiog ein ffugdraeth ein hunain, nid annhebyg ydoedd i ornest Arthur Gawr â Medrawd Fradwr.

Clecian arfau gwreichionllyd y buwyd am encyd hir; yr oedd y ddau mor hylaw gyda'r gwaith, fel y parhaodd yr ymdrech amser maith. O'r diwedd, gwylltiodd Dic Alis, a rhuthrodd yn amhwyllog ymlaen, gyda'r amcan o drywanu ei wrthwynebydd yn farwol yn ei fynwes. Rhoes hyn fasgal i Rheinallt i gyrraedd iddo yntau ergyd dychrynllyd ar ei ben; a Dic a syrthiodd yn drwm ar ei hyd-gyd yn y lobi gul a droesid fel hyn mor sydyn yn faes ymladdfa. Meddyliodd y Saeson fod eu gwron wedi ei ladd yn farw gelain; ond mewn llesmair yr ydoedd, fel y profai'r amryfal regfeydd a ebychai yn awr ac eilwaith. Ei gyfeillion a'i llusgasant o'r fan gynted gallent; a thra y cymerai yr oruchwyliaeth honno le, safai Rheinallt a'i ddwylo ymhleth gan edrych arnynt yn berffaith ddifraw.

Wedi symud y corff archolledig o'r llwybr, dyma wneud rhuthr gan bump neu chwech ar unwaith ar ein harwr, a phe lloriasai y rhai hynny, yr oedd digon drachefn yn ngweddill i gymryd eu lle; fel y darfuasai amdano yn ôl pob golwg, oni bai ddyfod o Gymro ymlaen â geiriau a glywsai y noson honno yn llosgi yn ei fynwes. Canys beth yw un, bydded mor bybyr ag y bo, i ymgais yn erbyn lliaws tref?

"Lladdwch, sathrwch a chwarterwch y filain," ebe Robert Brown, ond cyn bod y geiriau yn gwbl o'i enau cyrhaeddodd Rheinallt ergyd iddo yntau a barodd iddo hel ei lygaid. Ond fel y dywedir am rai o'r creaduriaid israddol, po fwyaf leddir ohonynt lluosocaf oll yr ânt tan y driniaeth. Yn y cyfwng peryglus hwn, dyma y llanc crybwylledig, swyddog milwrol â Rhosyn Gwyn yn ei gap, yn neidio ymlaen.

"Chware teg hefyd," ebe ef, "un ymhen un; mi a'i cymeraf yn awr mewn llaw." Ac estynnodd ei law noeth agored i Rheinallt, yn arwydd nad oedd am daro. Ciliodd y Saeson yn ôl gan ddisgwyl gornest law-law arall. Amneidiodd y Cymro ar i Rheinallt gilio yn ôl; ni ellid ymladd yn iawn mewn lle cyfyng felly. Ac wrth gilio yn ôl at y gegin, y swyddog a wisgai'r Rhosyn Gwyn a fwriodd i lawr yn fwriadol y lamp fechan a fuasai hyd yn hyn yn taflu ei llewyrch gwannaidd i'r ymladdwyr; a thrwy hynny, gadawyd y ddwy blaid i ymbalfalu am ei gilydd yn y tywyllwch. A thra yr oedd y Saeson yn ymdeimlo am y gelyn ac am eu gwron newydd, sisialai llais isel yn nghlust Rheinallt:

"Myfi yw Goronwy ap Gredifel o Gilcen; ffo am dy einioes; os wyt yn caru dy hoedl dy hun, cysur dy deulu, a dy wlad."

Eithr ni fynnai yntau wrando ar y cyngor. Ffoi oedd

y peth diweddaf y meddyliai amdano un amser; ac yr oedd syniad am gysur ei anwyliaid hyd yn oed wedi ei alltudio ar y pryd o'i fynwes. Bygythiodd anffodion Dic Alis a Robert Brown ar ben Goronwy os anogai ef drachefn i ymddwyn mor anfad.

"Ni waeth i ti heb fy nharo i," ebe Goronwy, "ni thynnaf fi gleddyf byth yn erbyn cydwladwr." Enillodd geiriau mor wladgar dipyn o sylw a serch Rheinallt; ac er cryfed ydoedd, ac er mor wrthwynebus i'w natur ydoedd cilio yn fyw o'r fan, yr oedd ei gyfaill hefyd yn gryf, ac er ei waethaf gwthiodd ef o'i flaen at y drws. Caeodd a bolltiodd hwnnw yn ddiogel ar ei ôl, gan adael Rheinallt a'i ŵyr yn ddihangol oddi allan, a Chadi Gyfarwydd yn eu plith yn llongyfarch ei heilun ar ei oruchafiaeth ac yn ei annog i fynd ar frys gwyllt at y porth rhag bod ei ŵyr yno mewn perygl.

Er fod rheswm y Gyfarwydd yn un amserol iawn, ni fynnai ef ar y cyntaf gydsynio, ond pan oerodd ei dymherau, gwelodd nerth y peth ac ymaith ag ef.

Goronwy pan ddychwelodd at ei gyfeillion a ymesgusododd drwy ddweud ei fod ef wedi colli y gelyn yn y tywyllwch anffodus a ddigwyddasai. Hwythau yn amau y ffoesai efe trwy y cefn, dihangfa na feddyliasent hwy yn eu ffwdan amdani cyn hynny, a redasant, a chyrhaeddasant y fan pan oedd sŵn traed Rheinallt a'i wŷr yn darfod yn y pellter. Erbyn eu dyfod, nid oedd yno neb ond yr hen ddewines ei hunan, yn llercian oddeutu fel pe buasai yn meddwl fod ychwaneg o'r Cymry yn y tŷ, ac yn ymdroi o gylch y lle fel y gallai fod o rhyw gymorth iddynt. Ond daeth y Saeson ffyrnig-wyllt ymlaen, ac o gael ond yr hen Gymraes yn unig yno, tywalltasant arni holl gynddaredd eu digofaint; milwr a'i trywanodd yn ei chalon, a hi a syrthiodd yn farw heb gymaint ag anadlu ochenaid.

Pennod X

Pan gyrhaeddodd Rheinallt y Porth, ac nid heb gryn lawer o groeslwybro y gwnaeth efe a'i wŷr hynny, cafodd eiddo Lewys yn ddiogel yn nghadwraeth y rhai yr ymddiriedasai efe hynny o orchwyl iddynt; a bod y porthorion hefyd yn ddiogel yn y tyrau y gosodasai ef hwynt o'u mewn deirawr ynghynt. Mae'n wir nad oeddynt wedi treulio y teirawr crybwylledig yn gwbl fodlon, a'u bod fwy nag unwaith wedi bygwth torri trwy yr angenrhaid a ddodwyd arnynt; ond yr oedd cleddyfau noethion eu gwarchodwyr yn cadw pob ymgais o'u heiddo tanodd.

"Os ydym oll yn barod," ebe'r pennaeth, "gwnawn y gorau o'n ffordd a'n hamser; dodwch yr eiddo o'ch blaenau bob un ar war ei farch; a rhybuddiwch yr adar ysglyfaethus cawellog yna, os agorant eu pigau am hanner awr y byddant yn fwyd braf i gŵn crwydrol y Morfa yma cyn codiad haul."

Neidiasant ar eu meirch: Rodri o Dreuddyn, yr unig un a dderbyniodd niwed o bwys, yn wrthrych eu gofal arbennig; a charlamwyd ymaith. Ymhen pum munud wedi iddynt hwy adael y Porth, wele genfaint Brown yn cyrraedd y lle, ac er bod yn eu plith erbyn hyn amryw filwyr, teimlent un ac oll eu gwaed yn rhedeg gryn lawer rhwyddach pan ddeallasant fod y Cymry wedi ymadael, canys o bawb yr erlidiedig oedd y rhai olaf y dymunent eu goddiweddyd. Cymerodd beth amser iddynt ollwng eu cyfeillion carcharedig yn rhyddion, ac yna udasant wchw fawr am ymlid ar ôl y gelyn a'i ddal os oedd y fath beth yn bosib heb fynd yn rhy agos ato. Ond yr oedd gwŷr y Wyddgrug bellach wedi torri cryn dipyn o gwt eu ffordd gartref. Ond rhoddai y Cymry y cam gorau ymlaen; nid oeddynt heb eu hofnau; canys pe cawsent eu goddiweddyd, dichon y collasent holl ffrwyth eu llafur a'u peryglon. Wedi cyrraedd tua milltir o'r ddinas, troesant ar eu dehau, gan gymryd y ffordd oedd yn arwain tua Fflint, a dewis croesffyrdd yn hytrach na'r brif-ffordd fel y llwybr tebycaf i'w hymlidwyr golli trywydd arnynt.

Nid arhosodd Robin nemor amser yn y Tŵr ar ôl traddodi ei genadwri a chael tamaid o fwyd; brysiodd yn ôl tua Chaer rhag y byddai o ryw wasanaeth yno; ond oherwydd i'w gyfeillion gymryd y drofa grybwylledig, ni chyfarfu hwynt yn ôl ei ddisgwyliad. Bu amryw ohonynt hwythau yn nghwrs eu hymddiddan ar eu taith yn holi, yn dyfalu, ac yn rhyfeddu pa beth a ddaethai o Robin; nid oeddynt wedi ei weld yn fyw nac yn farw er pan ymrithiasai mor annisgwyliadwy a drychiolaeth yn mhorth y ddinas ar eu mynediad gyntaf o'i mewn. Yr oedd rhywbeth mor anesboniadwy o ddieithr yn hyn i Rheinallt, fel yr ocheneidiodd yn hyglyw fwy nag unwaith. Pa fodd bynnag, yn anffodus iawn, daeth Robin yn bwtsh amharod i gwrdd mintai ddrygnaws y gelyn, pan y disgwyliai gyfarfod cyfeillion. Yr oedd wedi gadael ei geffyl ymhen draw y Morfa; a da iddo hynny, onide buasai amheuon y Saeson yn ddigon cryfion i benderfynu ar unwaith ei fod yn gyfrannog â gwŷr y Wyddgrug, fel na chawsai ond byr amser i ddweud ei bader a gwneud ei ewyllys. Fel yr ydoedd, dodasant ddwylo yn ebrwydd arno gan ei hawlio fel carcharor, a gofynasant iddo yn sarrug os y cyfarfuasai â'r archleidr hwnnw o'r Tŵr, a hanai mewn llinell unionsyth o Gain ab Adda. Profedigaeth chwerw i Robin ydoedd gwrando ar ei feistr yn cael ei ddifenwi, ond "cofiodd mai da cael dant i atal tafod," a brathodd yr aelod olaf yn dra ffyrnig.

"Os gweli di yn dda," ebe milwr coeglyd, "mi a ddodaf y cyffion hyn am dy arddyrnau."

Medrai Bondigrybwyll oddef yn lled dawel gryn lawer o gerydd ac o ddigofaint; ond yr oedd coegni iddo yn halen ar gig noeth; a chan nad oedd dwy res ei ddannedd yn hollol ddifwlch, daeth yr aelod peryglus yn rhydd, a rhoes fod i ymadrodd o anufudd-dod pendant i oruchwyliaeth y cyffion. Yr oedd y milwr dywededig yn fawr ac yn gryf, a Robin er yn fychan yn ddewr, ac aeth yn gythrwfl rhyngddynt mewn munud, yr hyn a derfynodd trwy i ddau neu dri ymuno â'r milwr, a dodi'r cyffion yn sicr yn eu lle bwriadedig.

"Gwell i chwi ddodi llyffetheiriau eto am fy fferau," ebe ef, "canys ni symudaf ffêr o'r fan mwy na phe dodasech lwyth o haearn wrth fy nhraed."

"Ai e, felly," ebe'r Saeson, "hwyrach y chwenychet gael dy gludo wrth ysgil un ohonom?"

"Mi a 'sbardunaf ddwy balfais y march hwnnw yn gyrbibion," ebe'r dyn bychan digofus, "cofiwch mai Cymro ydw i."

Ac yr oedd Robin mor ryfeddol o gyffrous ac anystywallt fel y torrodd y Saeson allan i chwerthin am ei ben, a chwerthin y buont hyd oni archwyd iddynt gan rywun a alwai ei hun yn gadben i frysio, onide mai ofer iddynt ymlid yn mhellach.

"Un ymhen un; dyn dwy lath ymhen dyn dwy lath, ac mi a ymladdaf hyd y diferyn olaf o waed sydd yn fy nghalon," ebe Robin.

"Twt, lol! Ffwrdd â hi," a chipiodd rhyw Sais dibris ef gan ei osod o'i flaen ar ei farch, a charlamodd yr ymlidwyr ymaith.

Nid oedd Robin yn hanner bodlon ar ei gyflwr; ysbardunai grimogau ei gaethgludwr, a hwnnw am ysbaid yn dioddef tan ryw hanner chwerthin a chyrraedd bonclust iddo yn awr ac eilwaith. Ond, aeth

y crimogau o dipyn i beth yn ddolurus, a chan nad oedd
goruchwyliaeth y bonclustio yn cael ei heffaith
ddyladwy i beri llonyddu'r pedion,[*] traws-symudodd ef
o'r tu cefn-i'w ysgil. Yn yr ysgil, rhoes y Chwerwyn ei
fygythiad blaenorol ar lawn waith, trwy ysbarduno y
march â'i holl egni. Gwylltiodd yr anifail, a charlamodd
ymaith fel pe am ei fywyd yn mhell bell o flaen y rhelyw
o'r fintai; yr hyn a ddychrynodd y caethgludwr i lesmair
bron, rhag yr ysgubid ef fel hyn i ganol y gelynion. Daliai
Robin, pa fodd bynnag, i ysbarduno'n galed, er
gwaethaf rhegfeydd ei gydfarchog, a'i ymgais barhaus
i'w fwrw i lawr. Yr oedd yn amlwg hefyd fod Robin yn
well marchogwr na'r Sais, oblegid yr oedd dwy fraich yr
olaf ers meitin am wddf y ceffyl, a thusw o'i fwng rhwng
ei ddannedd; a phan ddeallodd nad oedd drwy hagr yn
tycio i lonyddu ei sodlau, mwngiai ei gais trwy deg. Gan
i'r fintai Gymreig gymryd y drofa honno, ni ddarfu i
Robin a'i gydymaith eu goddiweddyd; a phan ddeallodd
gwŷr Caer hefyd eu bod oddi ar y trywydd, rhoddasant
eu penderfyniad pendant o "ymlidiwn, goddiweddwn,
lladdwn," i fyny yn ddiochenaid.

Dechreuodd Robin ag ymlonni bellach:

"Caseg ydyw'r ceffyl yma, dywed?" ebe ef, "ydach
ch'i yn caru y'ch dau?"

"O! paid, Gymro annwyl; mi a ddatodaf dy gyffion,
ac a'th wnaf yn ŵr rhydd, os y peidi."

"Ceffyl iawn am fynd ydyw hwn," ebe Robin, tan
gyrraedd ysbarduniad arall.

"Hoedel, hoedel," ebe'r Sais.

*   *   *

Parhaodd y fintai ddisyml Gymreig i gyflymu ymlaen;

---

[*] *Pedion:* Traed; pedolau. Gair fu ar lafar yn y gogledd-ddwyrain.

ac uchaf y dringant y rhiw tuag at Benarlâg, rhwyddaf yr anadlent mewn mwy nag un ystyr; ac erbyn iddynt ddyfod i grib y gefnen sydd yn gwarchod y rhan honno o Ddyffryn Alun y saif y Wyddgrug arni rhag deifwynt dwyreiniol, yr oedd y wawrddydd ar ei haden yn tywallt goleuni ar fryn a phant, a'r tywyllwch yn ffoi o'i flaen yn mhellach i'r gorllewin, i gael ei ymlid oddi yno drachefn yn nghwrs yr oriau. Ac felly y parhânt o oes i oes, y naill yn ymlid y llall; weithiau goleuni fydd drechaf, weithiau tywyllwch, ond yn dal i ymryson am yr oruchafiaeth yn awr fel y funud gyntaf y neidiodd goleuni allan o'r gorchymyn, "Bydded goleuni." A chyffelyb ydyw yn y byd moesol, cyfnodau o gaddug dudew, a chyfnodau o oleuni llachar y naill yn dilyn y llall.

*　　　　　*　　　　　*

"Er mwyn y Gŵr sydd uwchben, aros, Gymro," ebe'r marchogwr yn ei anghaffael flin, "neu ni laddwn y ceffyl."

"Difyr gwaith fyddai darllen yr offeren angladdol uwch dy ben di ac yntau yr un pryd. Gresyn fyddai i angau ysgaru dau sydd yn edrych mor annwyl â'i gilydd. Dod gusan arall iddo am gael rhoddi dy ddwylo am ei wddf."

"Mwrdwr! Mwrdwr!" ebe'r truan tan fustachu, ac yn rhoddi ambell i droediad anfwriadol yn ei gyni i Robin.

"Holo!" ebe Bondigrybwyll, "y mae'n gywilydd i ful farchogaeth ceffyl," a chyda'r gair, cododd dipyn ar droed y marchogwr trwstan nes oedd ei hyd hir yn mesur y ddaear oer. Wedi mynd encyd ymlaen, troes drachefn, a gwelai ei hen elyn yn gorwedd yn llonydd; disgynnodd i lawr ac aeth ato; ysgydwodd ef yn dda, a chafodd ei fod yn fyw, ac yn ddianaf ond oddi wrth effeithiau dychryn. Trwy ychydig o drafferth, gwnaeth

Robin iddo ddatod y cyffion oddi am ei arddyrnau ef ei hun; ac yna, yn bur ddidaro, rhoes hwynt am arddyrnau y Sais. Hysbysodd hefyd mai ei garcharor ef ydoedd bellach, ac os mynnai y gallai esgyn ar gefn y march. Erfyniodd y carcharor yn daer am ryddid; ond bygythiai Robin os soniai am y fath beth eilwaith, y byddai yno ddyn drachefn wrth ei ysgil. Felly'r ymdeithiasant yn chwimwth tuag adref heibio 'r Hob, a chyraeddasant y Tŵr bron yr un pryd a Rheinallt a'i wŷr; ac felly y treuliodd Robin Bondigrybwyll un o nosweithiau hynotaf ei fywyd.

Pennod XI

Cysgwch a gorffwyswch, chwi ddeiliaid lludded a blinder. Rheinallt, a chusanau ei ddwy chwaer yn wlybion ar ei ruddiau; Glyn Cothi yn yr hun hyfryd honno na fwynheir ond unwaith neu ddwy mewn oes – ymwybyddiaeth yn nghwsg fod yr ewyllys wedi ei llawn fodloni; Goronwy ap Gredifel, â Morfudd mewn breuddwyd yn angel gwarcheidiol uwchben ei wely; Robin yn ysgafn gythryblus, a'i feddwl heb lwyr ostegu ar ôl y tymhestloedd y bu ynddynt; yr eneth amddifad wirion, ond nid yn sŵn curiadau ac yn ngwres mynwes yr hon a'i hymddug; y fam sydd yn cysgu'n llonyddach nag erioed ar yr ystyllen lle y dodwyd hi yn barchus gan y teulu lletygar yr ymlusgodd at eu rhiniog i farw; Cadi Gyfarwydd yn y twll y bwriwyd hi yn ddiystyrllyd iddo â mwy o archollion ar ei chorff nag oedd yn angenrheidiol i gymryd y bywyd ohono. Cysgodd Robert Brown a Dic Alis y tro hwnnw, fel llawer tro o'i flaen, gan anghofio dweud eu pader. Caeodd natur amrantau goroeswyr y gad honno yn unol â'i hamhleidgarwch arferol, ac arnynt hwy yr oedd y bai os nad oedd eu cwsg un ac oll mor esmwyth â "hun potes maip."

Cyrhaeddodd yr haul awr anterth, ac yr oedd y nifer luosocaf o drigolion y Tŵr yn aros yn dawel yn nyblygion gwisg y duw swrth; cynosfwyd a fu boreufwyd amryw ohonynt iddynt y diwrnod hwnnw. Ond yr oedd gwyliadwriaeth ddyfal yn cael ei chadw'n ddi-dor rhag y deuai'r gelyn fel panther yn sydyn am eu pennau. Gwyddent na hepiai dialgarwch gwŷr Caer ond ychydig, ac nad oedd i'w ddisgwyl oddi wrth eu trugaredd pennaf ond creulondeb.

Nid oes sicrwydd pa un a ddarfu i Lewys ganu cywydd neu awdl foliant i Rheinallt am ei wrhydri gwladgar yn troseddu un o'r cyfreithiau gwrthunaf a roddes un genedl erioed ar war y llall, na'r hunanymwadiad arwrol a adfeddiannodd iddo ef ei drysorau. Digon tebyg i folawd o'r fath gael ei chyfansoddi,[*] canys yr oedd "moli" boneddigion am y peth lleiaf yn un o neilltuolon beirdd y Canol Oesoedd, a Glyn Cothi yn arbennig yn eu plith. Pa fodd bynnag, nid oes ar gof a chadw gyfryw folawd ymhlith gorchestwaith y bardd a arbedwyd yn yr oes ddiwethaf rhag ebargofiant gan y ddau lenor hyglod (Tegid a G. Mechain) y parablir eu henwau'n serchus tra bo "Cymru a Chymro'n bod." Y mae terfynau rhamant yn caniatáu i ni ddychmygu fod ei ddiolchgarwch yn frwdfrydig, a'i ganmoliaeth o ddoethineb cynllun yr ymgyrch, dewrder dihafal ei weithiad allan, ynghyd â'i lawenydd gwynfydus yn y llwyddiant a'i dilynodd, yn farddoniaeth yn wir. Er mai ffoadur oedd Lewys yn Ngwynedd, yr oedd yn fonheddwr o waed ac o ddygiad i fyny, ac wedi gwasanaethu peth amser yn y fyddin; a thrwy hynny, efallai na fynnai efe fod dim arwedd fydol ar ei fawl. Y mae yn syndod hefyd gymaint yw siomedigaeth y lliaws yn gyffredin wrth weld bardd enwog y tro cyntaf. Canant mor nefolaidd nes y tybiai dieithriaid eu bod yn rhai o fodau gogoneddus cylch y gwynfyd; ond pan y gwelir hwynt, nid oes gan yr edrychydd siomedig ond penderfynu mai dal angel a wnaethant, a dwyn oddi arno hynny o ganeuon oedd ganddo yn ei gôd. Wrth wrando eos yn telori yn y

---

[*] Dywedir yn ngwaith L. G. Cothi fod yn mysg Llawysgrifau Porking (Brogyntyn yn awr) gywydd amherffaith yn dechrau "Ŵyr Einion â'i ffon ffynied y Saeson," baich yr hon ydyw diolch i Rheinallt am ei wrhydri.

goedwig gudd, gellid meddwl ei bod wedi ei haddurno â harddwisg wychaf adar paradwys; nid yw hithau wedyn ond y ddisymlaf o ehediaid y nefoedd. Rhannodd Natur ei rhoddion yn lled gyfartal – rhoes eurbais i un, ac eurbig i'r llall. Ac onid yw y byd adarol yn ddarlun o'r gymdeithas ddynol? Talodd Lewys ddiolchgarwch gwresog i'w gymwynasydd, anrhegodd ef â chofged neu ddwy, y rhai a dderbyniodd y milwr ieuanc trwy daerineb; ac yn ystod y dydd, ymadawodd, ac ni welodd y ddau wynebau ei gilydd mwyach.

Yr oedd Robin yn llawn trwst a miri hefo'r plentyn a gafodd, ys dywedai, "ar lawr," yr hwn a hawliai efe fel ei eiddo ei hun. Gwadai Morfudd a Gwenllian ei hawl, a cheryddent Robin am siarad am fod dynol prydferth a diddorol felly, fel pe na buasai ond darn o arian bath. A chan droi oddi wrth wyneb hawddgar y plentyn at wedd welw y fam farw, wylodd y rhianedd fel plant. Nid oedd Rheinallt am ysbaid yn gwybod dim am y newydd-ddyfodiaid hyn, eithr ar ôl ymadawiad Glyn Cothi, a dyfod ohono yn ddamweiniol i'r fan, a chael ei chwiorydd yn wylo a Robin hyd yn oed yn edrych yn brudd, mynnodd wybod yr holl hanes; ac wedi deall y cwbl, a chan edrych ar y marw, sychodd yntau ddagrau breision a neidiasent yn frwd o ffynhonnell ddofn ei gydymdeimlad. Archodd fod i'r corff gael ei gladdu'n barchus, a chymerodd y plentyn yn ddeheuig yn ei freichiau cedyrn gan ei hanwesu, fel pe buasai magu yn un o gymwysterau uchaf ei natur.

"A thi a'i cefaist mewn ffos yn y Morfa, Bondigrybwyll, ai do?"

"Ar *fin* y ffos," ebe Robin, "Duw a'i cadwo! Welaist ti erioed blentyn tlysach?"

"Y mae natur bob amser, os sylwaist ti, Bondigrybwyll, yn llunio plant amddifaid yn harddach na phlant eraill, fel yr enillont serch estroniaid."

"Go lew ti, hefyd, Rheinallt," ebe Robin, "gan gofio, plentyn amddifad wyt tithau hefyd, fy arglwydd Rheinallt. Does ryfedd eich bod chwi i gyd fel teulu mor dlysion yn Mroncoed yma! Does ryfedd fod bechgyn y Rhosyn Gwyn mor serchglwyfus at rai o chwiorydd gwŷr y Rhosyn Coch!"

"At ba beth yr wyt ti'n anelu, Robin?"

"Bondigrybwyll, nid i wneud na chludo chwedlau y dois i i'r byd yma."

"Dy brif neges yn y byd, hyd y gallaf fi ddeall," ebe Rheinallt, "ydyw gwasanaethu arnaf fi, a dweud yr holl wir a wyddost yn ddi-hoced ac yn ddibetrus."

"Rheinallt, paid â digio; nid wyf yn gwadu dy hawl arnaf fel deiliad* a anwyd ac a fagwyd ar dir dy dadau. Ond gwna gymwynas ag un o dy ddeiliaid ffyddlonnaf: paid â'm holi ar bethau carwriaethol, canys yr hwn a gludo chwedlau serch, sydd yn cludo tân poeth, a'i llysg, oni fyddo yn dra diesgeulus. O'r ddwy, buasai yn well gennyf gludo eiddo'r prydydd trwy heolydd Caer gefn dydd golau na dwyn "

"Na falia," ebe Rheinallt, gan siarad ar ei draws, effaith meddwl pryderus, "ydyw'r gwylwyr yn gwneud eu gwaith? Ennyd fer y cwsg digofaint dig. Rhaid gwylio fel y gwylir ffau bleiddiaid a gollasant eu cenawon. Wrth gofio, Robin, beth a ddaeth o'th garcharor? Wyt ti yn meddwl mai rhyw domen i hel pob ysgarthion iddi ydyw'r Tŵr yma? Ti a'i gollyngaist yn rhydd yn ôl fy nghyfarwyddyd?"

"Bondigrybwyll, y marchog trwstan? Mi a'i gollyngais fel y gollwng adarwr ehediad diwerth. Â'm llaw dangosais Gaer iddo, ac a'm troed rhoddais iddo gychwyn da tuag ati."

---

* *Deiliad*: (Saes: *villain*). Yr oedd boneddigion yn yr oes hono yn perchen deiliaid-math o gaethion tan yr hen Feudal System.

Pennod XII

"Ffair yn y Wyddgrug yfory; ac y mae'r Cymry yn rhai cethin am ffeirio. Hwy a ffeiriant bopeth – o bluen gwydd i aden archangel," chwarddodd Brown am ben sioncrwydd ei ddarfelydd; "bydd yno liaws mawr o wladwyr cribddeilgar yn ffeirio eu ceffylau celyd, eu hychain duon, a'u defaid mynydd, y cwbl yn bur fychain ond yn bur dda. Cyfleustra rhagorol i dalu'r pwyth yn ôl i'r cnafon lladronllyd, canys nid yw trinwyr tir fawr o ymladdwyr. Ysgubo'r ffair o bopeth, a chael rhai o anifeiliaid yr arch-leidr yn eu plith a fyddai'n iawn; gwnâi hynny ychydig i fyny am y golled a gefais hefo celfi 'r prydydd gwirionffôl hwnnw a feddyliai fod ei garwriaeth ef i fod uwchlaw pob deddf. Ac nid oes wybod na fyddai rhuthr sydyn o'r fath yn foddion i faglu Rheinallt yn ei rwydi."

Fel yna yr ymgomiai Robert Brown, cyn-faer Caerllion, ar wastad ei gefn yn ei wely wedi deffro o'i gwsg ar ôl yr ysgarmes y daeth efe ohoni yn llai na gorchfygwr. Galwodd gyda'r Maer, Richard Rainford wrth ei enw, gan hysbysu ei gynllun iddo ac atolygu ei gymorth. Yn awr, er mor aruchel ac ardderchog ydyw'r swydd o faer, cafwyd aml i brawf nad yw y sawl a'i llanwant ond dynol – yn agored i wendidau fel dynion eraill. Eiddigedd sydd demtasiwn gref i lawer ohonynt, yn enwedig tuag at eu blaenoriaid neu eu holafiaid yn y swydd, ac nid oedd Brown a Rainford yn eithriaid. Rhy flaenllaw ydoedd Brown gan Rainford, a rhy ddof ydoedd Rainford gan Brown. Yr oedd y ddau yn eithaf cnafon yn eu ffordd – rhusedd rhyfygus a hynodai Brown, rhagrith taeog a nodweddai Rainford. Yr oedd hawliau dinaswyr Seisnig ar gyffiniau Cymru yn yr oes honno, yn arbennig, yn eang a phenrhydd neilltuol; ac yn marn Rainford yr oedd Brown yn dueddol i wneud rhy fynych ddefnydd o'r cyfryw freiniau. O ganlyniad, nid oedd y Maer yn hanner bodlon ar gynllun y Cynfaer. Awgrymai ai nid gwell fuasai ymosod ar gastell Rheinallt ap Gruffydd, gan mai Rheinallt a'i wŷr a bechasent.

"Os cosbir y diniwed," ebe ef gyda llawer mwy o reswm nag o ddilysrwydd, "gwneir gelynion o bobl sydd yn awr yn amhleidiol yn y ffrae ffyrnig rhyngot â'r Cymro ymladdgar hwn."

Meiddiodd Brown fytheirio anathema chwilboeth ar syniadau mor henwrageddol; ac yn ddifloesgni dywedodd os nad oedd Maer Caerllion yn feddiannol ar ddigon o eiddigedd tros anrhydedd y ddinas, y cymerai ef y peth yn ei law ei hun. "A phe gallwn ysgubo oddi ar wyneb daear yr holl genfaint sydd yn siarad ac yn meddwl yn Gymraeg, mi a roddwn fy ysgub i lawr yn ddedwydd, ac a fyddwn farw yn ei hymyl."

"Mi deimlwn innau yn ddedwydd wrth ei phlannu yn gofgolofn ar dy fedd," ebe Rainford, yn goeglyd.

"Lladron a llofruddion ydynt bob copa walltog," ebe Brown.

"Y maent wedi cymryd eu dysg yn dda," ebe'r Maer, "gan eu cymdogion agosaf."

Yr oedd llestr Brown bellach yn llawn; aeth ymaith tan ddweud, "Nid yw'r gwr yna gyfaill i mi," a dyna un o'r gwirioneddau olaf a ddywedodd.

Cryfhaodd gomeddiad trahaus y Maer benderfyniad Brown i ddodi ei gynllun dialgar mewn gweithrediad. Galwodd i'w gyfrinach ysbrydoedd gwrthnysig y ddinas, a datblygodd ei ddichell ger eu bronnau. Yr oeddynt i logi tua chant o wŷr – gwyddent hwy o ba rywogaeth – dibris, ymladdgar, tebyca' fedrent gael i Richard Ayles (ein hen ffrind Dic Alis). Gyda llaw, ofnai yn fawr, ni allai'r rhychor hwnnw ddyfod i'w canlyn oherwydd ei ben ysig. Yr oedd cnwd toreithiog o chwyn dynol – yn wir y mae cnwd da bob amser ohonynt – a chafwyd yn bur ddidrafferth y nifer gofynnol. Yr oeddynt yn fintai y buasai ellyll yn falch o'u harwain i frwydr. Parodd Brown iddynt wneud eu gorau i atal pob porthmon rhag mynd i ffair y Wyddgrug trwy deg neu drais, a chymryd oddi arnynt eu ceitleni *(smock frocks)*, hyn eto trwy deg neu drais. Ac o ba nifer bynnag o geitleni y byddent yn fyr yn y diwedd i ddilladu'r can'wr, gorchymynnwyd iddynt brynu'r gweddill ym maelfeydd y ddinas. Yr oeddynt i'w hysbysu ef yn y cyfnos pa lwyddiant a ddilynasai yr amcan; a gorchmynnodd iddynt oll fod yn barod wrth y porth gorllewinol am bump o'r gloch bore drannoeth.

Pump o'r gloch bore drannoeth a ddaeth; a phe buasai yn ddigon golau, cawsid gweld y cynulliad hynotaf a digrifaf yr agorwyd llygad arno erioed. Yr oedd   pedleriaid,   eurychod,   hapchwaraewyr   a charnlladron Caer yno yn lled gryno, ac ambell i filwr heblaw hynny, a'r oll wedi eu trawsffurfio gan eu gwisg yn borthmyn. Gwisgai pob un geitlen wedi ei brodio yn anghelfydd, a'i hollti yn y blaen ar ei hyd, ac mewn chwa o wynt, yr oedd y ddwy ran yn ymagor allan, fel dwy aden, a barai i'r gwisgwr ymddangos fel rhyw aderyn mawr dychrynedig. Buasai gweld Wil y Clocsiwr a Simon yr Eurych wedi eu gweddnewid yn brynwyr a gyrwyr da byw yn taro dyn yn chwithig. Yr oeddynt o bob maint, llun, ac oedran; ac yn annhebyg iawn i'w gilydd ond mewn un peth: nod y bwystfil yn amlwg ar eu hwynebau. Y cynfaer Brown, fel y gellid tybio, oedd pen cyfaddas y genfaint ansyber; ac wedi ychydig o baratoadau ffwdanus, tynghedodd hwynt i ysbeilio popeth symudadwy, ac i ymladd fel cythreuliaid os byddai rhywun mor ryfygus â'u gwrthwynebu; "A chofiwch," ebe ef, "mai bleiddiaid ydyw'r Cymry, mamau bleiddiaid ydyw'r merched, a chenawon bleiddiaid ydyw'r plant. Difethwch hwynt oll os daw hi i hynny. Y maent yn eich llwyr casáu chwi; ac os na leddwch chwi hwynt, ni raid gofalu fawr na laddant hwy chwi. Yn awr, fy ngwŷr dewrion, awn ymlaen i ogoniant ac anfarwoldeb."

"Gogoniant ac anfarwoldeb! Ym mhle mae'r mannau hynny, dywed?" gofynnai rhyw bedler i Dic Alis.

"Dwy hafod ydynt," ebe Dic, "rhwng Rhydymwyn a Rhosesmor."

Fel y gwelir, yr oedd Dic wedi hybu digon i gymryd rhan yn yr ymgyrch.

Pennod XIII

"By be sy' ar y fuwch, deudwch? Seren, sa'n llonydd; ni weles i 'rioed 'siwn beth â'r fuwch yma; mi brocith bob Sais ddaw'n agos ati;" ebe hen ffarmwr gwledig o Gilcen (Gredifel wrth ei enw). Cilcen, ys dywedir ar lafar cyffredin gwlad, ydyw un o'r mannau diwethaf a grëwyd. Ond y mae yn bentref bychan digon propor ar ôl unwaith mynd iddo; yn sefyll ar lechwedd heulog tan gysgod Moel Fama'. Yr oedd ffermwyr y lle hyd yn ddiweddar ymhell ar ôl ym mhopeth ond cryfder gewynnol, a'u gwartheg ymhlith y rhai manaf yn sir Fflint. Er bod yr hen ffarmwr hwn yn gosod Sais ymysg un o gasbethau ei fuwch, y mae yn lled amheus a welsai Seren Sais erioed cyn y diwrnod hwnnw. Mae yn wir mai Sais y galwai ein cydwladwyr yn yr oes honno bob crwydryn anheilyngach na chyffredin, fel y galwai plant yr oes ddiwethaf ei chrwydriaid hithau yn Wyddelod.

Dic Alis oedd gwrthrych dygasedd "Seren;" anelodd ei chorn yn union at orsedd ei fywyd; ond bu Dic yn ddigon sionc i symud ei hunan a'r orsedd oddi ar ffordd y corn. Ac wedi cael ei hun i fan ddiogel, gofynnodd mewn Saesneg clapiog, gan gymysgu cymaint o Gymraeg ag ef, ag a allasai hepgor o'r ychydig a bigasai i fyny yn Nghaerllion, beth oedd ei phris?

"Gini," ebe'r amaethwr, "ac nid oes ar balmant Wyddgrug heddiw amgenach buwch am laetha na Seren. Mae hi yn bur chwareus weithiau, fel tase," a chododd gwrid i wyneb y Cymro.

Yr oedd Dic yn coleddu syniadau gwahanol am chware i'r eiddo pobl Cilcen; ond ni ddywedodd ddim ar y pwnc; aeth ymaith gan fwngial fod y pris yn rhy uchel.

Daeth lliaws o ddynion o'r un ddelw â'r porthmon diweddaf heibio; ond o hynny allan, gofalai'r ffarmwr am eu rhybuddio i gymryd yr heol gefn i Seren, rhag y digwyddai damwain. Dechreuai'r ffarmwyr un ac oll ryfeddu at amlder y porthmyn yn y ffair – yr oedd yno bron gynifer o brynwyr ag o anifeiliaid. Nid oeddynt ychwaith yn prynu dim; ni fu erioed ffair yn y Wyddgrug ag ynddi lai o brynu – cerdded oddeutu a wnâi'r porthmyn, holi'r prisiau, a gwneud amneidiau dyrys ar ei gilydd yn awr ac eilwaith nad oedd undyn ond hwynt-hwy eu hunain yn eu deall. Yr oedd eu hymddygiad yn peri penbleth.

Pennod XIV

Gwawriodd yr ail ddiwrnod, ac nid oedd argoel dialgarwch ar lun byddin yn dyfod o Gaer yn nghyfeiriad y Wyddgrug, er bod gan Rheinallt ddynion yn cadw y wyliadwriaeth ddyfalaf ddydd a nos. Er hynny, nid oedd amheuaeth yn meddyliau pobl y Tŵr nad crynhoi yr ydoedd, ac mai trymaf oll a fyddai pan y delai. Yr oedd amlder a lluosogrwydd y minteioedd porthmyn a gyrchent i'r ffair, a'r oll yn dyfod yn uniongyrchol o Gaer, yn beth digon rhyfedd, er na chymerasai neb sylw o'r peth oddieithr Bondigrybwyll. Ni ddihangai yr un amgylchiad na digwyddiad ei sylw treiddgar ef. Chwiliai a difynnai bopeth i'w ansoddion; a chyda'r hyn a elwir drwgdybiaeth sydd mor naturiol i feddyliau o'r fath, lluniai a dyfalai ddamcanion a ddeuent yn lled fynych i ben. Cadwodd gyfrinach ei feddwl iddo ei hun, heb yngan gair hyd yn oed wrth ei feistr, er i'n harwr sylwi fod tu fewn Robin yn faes rhyw ymryson anghyffredin, ac iddo ofyn am y rheswm. Cadwai ei gyfrinach hyd oni ddatblygid rhyw amgylchiad a wnelai ei ddyfalion yn sicrach. Tua deg o'r gloch, aeth am dro cyn belled â'r dref, a rhodiai yn hamddenol ar hyd yr heolydd, er mwyn gweld y porthmyn wyneb yn wyneb. Taflai gipedrychiad diofal arnynt, a deallodd yn fuan nad oeddynt yn fynychwyr ffeiriau Gwyddgrug, ac amheuai os oeddynt yn borthmyn o gwbl. Meddyliai ei fod wedi gweld rhai ohonynt o'r blaen mewn lle ac mewn cymeriad arall. Adwaenodd Dic Alis yn y fan; ac efe yn llechwraidd ddireidus a roddes bigiad i Seren yn ei pharth gorllewinol a barodd iddi ruthro mor anesboniadwy (i'w pherchennog) ymlaen, nes y bu agos i'w chyrn ymgyfarchwel â chalon y Sais. Wrth gwrs, cerddodd Robin i ffwrdd yn gwbl ddidaro. Cafodd gipolwg hefyd ar Robert Brown yn un pathew boliog, trwyngoch, a'i lygaid trythyll ar neidio o'i ben gan lidiowgrwydd, a'i ddannedd yn crensian, a'i wefusau halog yn mynd ac yn mynd fel pe buasai mewn rhyw ymgom bwysig ag ef ei hun. Yr oedd yntau wedi ymwisgo yn niwyg porthmon, a rholyn o borthmon rhyfedd ydoedd. Gwelai un arall hefyd a adwaenai yn dda – amnaid siriol oedd yr unig foesgyfarchiad a gymerodd le rhyngddynt; deallent ei gilydd.

Robin yn gweld a welai, ni bu'n hirymaros yn dychwelyd adref.

"Rheinallt!" ebe ef, "paid colli eiliad o amser; mae'r dieiflgwn ar ein gwarthaf. Mae'r Wyddgrug yn llawn ohonynt."

Yna datguddiodd i'w arglwydd yr ystryw borthmonol, a thraethodd ar fyr eiriau ei farn mai dyfais ddieflig ydoedd i ysbeilio a lladd.

Canwyd corn y gad yn isel ond treiddiol, ac mewn ufudd-dod i'w sain, daeth y gwŷr yn ebrwydd ynghyd i'r buarth. Yr oedd y rhianedd, fel y gallesid meddwl, yn fyw o ddiddordeb am wybod gan Robin pa beth oedd yn bod; ac yntau mor ryfeddol o brysur gyda'r darpariadau, fel mai ychydig o reswm a allai roddi iddynt, a hynny mewn brawddegau drylliog. Sisialodd rywbeth am Goronwy yn nghlust Morfudd; ond ni ddeallodd hi ond ei fod ef yn y ffair yn ngwisg porthmon; a tharanai Rheinallt yn ddigon ffyrnig mewn cwr arall mai gelyn, lleidr, a llofrudd, pob porthmon oedd yn y Wyddgrug y bore hwnnw. Parodd hyn i'w chalon guro'n gyflymach nag o'r blaen. Yr oedd Gwenllian yn arafaidd fel arferol, ac yn meddiannu ei hun yn dda, er nad yn anystyriol o'r perygl. Ffwdanai Siôn fel un ar ddarfod amdano; y mae yn syndod fod natur tra yn llunio teuluoedd o ran pryd a gwedd yn dra thebyg i'w gilydd, yn ffurfio eu meddyliai mor dra annhebyg y naill i'r llall.

Mewn byr amser, yr oedd gwŷr Broncoed tan arfau, ac yn barod i'r ymgyrch; a rhagdrefniadau y cadlywydd hefyd yn gyflawn. Parodd i'r Cadben Ifan gymryd ugain o wŷr a mynd yn gwmpasog ar hyd godrau Gwern y Mynydd i Faes y Dref, a thrwy hynny gallai gael cefn y gelynion tra byddai ef a'i wŷr yn ymosod arnynt yn eu hwyneb. Cadben Ifan a'i wŷr a wnaethant yn ôl y gorchymyn, ac a gyraeddasant Faes y Dref yn iach ddihangol. Ymdeithiodd Rheinallt a'i gatrawd yn arafaidd modd y cai yr adran arall amser i gyrraedd eu cyrchfa yn brydlon.

Dyn yn dyfeisio yn erbyn dyn ydoedd. Ni ddaethai gwŷr Caer oddi cartref i segura, a dechreuasant ar eu hanfadwaith o ddifrif wedi dwyn eu cynlluniau dipyn i ben. Lledasant eu hunain allan fel rhwyd, modd y gallent ysgubo popeth yn llwyr o'u blaenau.

Ac erbyn i Rheinallt gyrraedd y dref, yr oedd y lladron wedi ymdaith tua chwarter milltir allan ohoni, hyd at Bont Arwyl, pentref bychan a dynnwyd mewn rhan i lawr er mwyn cael lle i adeiladu gorsaf y reilffordd arno, a'r lle y ganwyd y bardd coeth a melyster Blackwell (Alun),[*] man genedigol yr hwn, fel y mae goreu, sydd ymhlith yr ychydig dai a arbedwyd.

Parodd y ffaith fod y Caerwyson wedi cyrraedd allan o'r drefn dipyn o ddyryswch yn rhag-gynlluniau Rheinallt, gan mai yno y darparasai efe at eu cyfarfod. Modd bynnag, nid oedd ond gwneud y gorau o'r amgylchiadau. Archodd ymlid ar eu holau, a gyrru gair

---

[*] Y bardd Alun (John Blackwell, 1797-1840) heb os oedd mab llenyddol enwocaf yr Wyddgrug nes i Daniel Owen lunio ei nofelau ef. Roedd yn un o feirdd pwysicaf y bedwaredd ganrif ar bymtheg.

at fintai Maes y Dref i brysuro ymlaen. Yr oedd yno gynnwrf a dychryn mawr fel y gallesid disgwyl, yn yr heolydd tra yr elai'r fyddin ymlidiol trwyddynt. Gwelid dau neu dri o gyrff meirw, ac yr oedd yn hawdd gwybod pwy a'u lladdes. Ond nid oedd hamdden i ymholi dim. Cerddediad trwm y gwŷr arfog hyn i frwydr a foddai ochenaid wan y trueiniaid ar fin trengi. Goddiweddwyd y gelynion cyn iddynt gyrraedd Bryn Ellyllon, ac ar y rhiw hwnnw aeth yn frwydr waedlyd mewn eiliad. Trodd y Saeson ar eu sawdl i dderbyn eu hymlidwyr; a dygasant allan arfau a fuasai yn nghêl hyd yn hyn tan y wisg borthmonol. Ni fu y Cymry erioed mewn gwell tymer ymladd, canys yr oedd eu hachos yn dda; ac o'r tu arall, ni welwyd porthmyn erioed yn ymladd cystal, canys milwyr profiadol ydoedd amryw ohonynt, a godreuon chwerwon cymdeithas oedd y gweddill. A thra yr oedd y creaduriaid direswm yn defnyddio eu seibiant i bigo y glaswellt oddi ar ochr y clawdd, syrthiai y creaduriaid "rhesymol" ar ei gilydd fel gwaetgwn. Brwydr ymdrechol, boeth, hirfaith, ydoedd, canys yr oedd o Saeson yn erbyn y Cymry ddau ymhen un. Lladdwyd Dic Alis yn yr ymdrech gyntaf gan ergyd câdfwyall. Yr oedd yn ceisio torri trwy renciau'r Cymry, fel y gallai dalu pwyth culfa Caer i Rheinallt, a than falu poer cynddaredd yn pwyo ac yn dyrnodio pawb oedd ar ei ffordd yn arswydus. O'r diwedd, cyfarfu â'i feistr; bachgen o Gilcen o'r enw Goronwy ap Gredifel, nad oedd gwŷr Rheinallt yn ei adnabod ond oherwydd ei weled, a redodd ymlaen oddi wrth Robin o gae gerllaw lle y safai'r ddau yn gwylio'r ymdrafod — llencyn cadarn cyhyrog — rhedodd ymlaen, a thrawodd Dic Alis yn ei benglog nes ei hollti'n ddau, fel yr hyllt cigydd ben molltyn. Ocheneidiodd ei anadl olaf ar aden rheg; ac yno ar ochr y ffordd y gadawyd ei gelain fawr farw gan ei gyfeillion yn niwedd y frwydr.

Am ysbaid cadwai Robert Brown yn y dirgel, fel un na fynnai i neb wybod ei fod yno; ond wrth ganfod ei wŷr yn cwympo o'i ddeutu, ac yn enwedig Dic Alis, daeth yn bwys arno i ddewis un o ddau lwybr – naill ai ffoi, yr hyn a fuasai yn wir warthus; neu ddyfod i'r wyneb a thrwy air a gweithred annog ei wŷr i adnewyddiad egni a phybyrwch. Dewisodd yr olaf, gan ruthro ymlaen, ac atolygu ar i'w ddynion ei ddilyn.

"Dacw ellyll ieuanc y Tŵr," ebe ef, gan unioni at ein harwr; "lladdwn ef; dacw'r lleidr pen ffordd a ysbeiliodd fy nhŷ, holltaf ei ben fel yr holltwyd pen Richard Ayles druan. Darniwch a rhwygwch ef yn ddarnau!"

"Gadewch iddo ddyfod," ebe Rheinallt, "na rwystrwch ef; nid oes arnaf rithyn o'i ofn."

Agorodd y Cymry adwy, fel y câi Robert Brown ei ewyllys. Rhoes y ddau arweinydd eu hunain mewn trefn i frwydr lawlaw; bu ysgarmes rhyngddynt, ond ni pharhaodd ond ychydig; diarfogwyd y Cynfaer; a Rheinallt a'i gwnaeth yn garcharor. Ar hyn trodd gwŷr Caer eu gwegil. Ffoesant, ambell un yn sionc ac ysgafndroed, eraill yn gyndyn a hwyrdrwm; canys nid yw troi gwegil mewn cad yn anianawd y Sais. Dihangodd y rhai blaenaf trwy nerth eu traed; ymlidiwyd a goddiweddwyd y lleill, ac amryw ohonynt a syrthiasant trwy fin y cleddyf.

Dychwelodd Rheinallt a'i wŷr i'r dref yn fuddugoliaethus; a'r anifeiliaid ysbeiliedig ganddynt, y rhai, prin y rhaid hysbysu, a roddwyd yn ôl i'w gwahanol berchenogion. Ni bu y fath orohian a llawenydd yn y Wyddgrug er dyddiau Garmon a Lupus,[*] pan y dyrwygid

---

[*] Sant o Ffrainc oedd Garmon (Lladin: Germanus) a ymwelodd â Phrydain gyda'r esgob Lupus ac arwain byddin o Frythoniaid i fuddugoliaeth yn erbyn byddin Seisnig. Ef yw testun drama Saunders Lewis, *Buchedd Garmon* (1937).

ei hawyr gan y floedd orfoleddus "Aleliwia." Cyhwfenid banerau, cenid clychau, ac yr oedd crechwen a chân yn diaspedain trwy'r lle. Yr unig gwmwl ar y sirioldeb ydoedd y meirw diniwed, yn enwedig y rhai a laddwyd mor greulon a diachos yn y ffair. Yn mysg y rhai hyn yr oedd Gredifel, yr hen wladwr o Gilcen, perchennog Seren, a Dic Alis a'i trywanodd, a chan dynnu ei gleddyf yn wlyb gan waed o fynwes Gredifel, plannodd hi yn nesaf yn ystlys y fuwch ddiniwed. Yr oedd Goronwy ap Gredifel yn llygad-dyst i hyn, a thyngodd y mynnai ddial gwaed ei dad. Llethodd ei dymer ar y pryd rhag neidio ar y llofrudd yn y fan; gan fod yn sicr yn ei feddwl na fyddai raid iddo ddisgwyl yn hir am ei gyfleu. Felly Goronwy a ddisgwyliodd am ei gyfle ac a'i cafodd.

Cludwyd Rheinallt yn fuddugoliaethus ar ysgwyddau dynion cryfion trwy brif heolydd y dref yn nghanol llawenydd diderfyn; a gosgorddwyd ef yr holl ffordd i'r Tŵr yn sain y bloeddiadau mwyaf gorfoleddus. Yr oedd yr Wyddgrug ar i fyny'r diwrnod hwnnw. Rheinallt oedd eilun y dydd; ond yr oedd yno eraill a fwynhaent ran o'r mawl a'r anrhydedd; nid amgen Goronwy ap Gredifel a Robert Tudur *(Bondigrybwyll)*. Perchid Goronwy o herwydd iddo ladd bwystfil y gelyn, fel y lladdes Sant Siôr y ddraig, neu y lladdodd Syr John y Bodiau o Lewenni y bych. Wrth ganfod ei fedr a'i eofndra, ac ystyried y gwasanaeth pwysig a gyflawnodd i'w achos ef yn Nghaerllion o'r blaen, ac yn y frwydr y diwrnod hwnnw, agorodd dor serch Rheinallt yn llydan agored i'r llencyn o Gilcen, er ei fod yn gwybod mai un o wŷr y Rhosyn Gwyn ydoedd. Rhoes wahoddiad taer a chynes iddo i'r Tŵr, yr hwn a dderbyniasid yn llawen yn y fan oni buasai fod ganddo ddyletswydd brudd o'i flaen o ofalu am gorff marw ei dad.

"Yr wyf yn atolygu arnat," ebe Rheinallt, "ar ôl dy ddiwrnod caled, na wnei ond gweld dy riant marw; ac

na archolli dy deimladau gyda threfniadau ei gludiad
adref. Gad hynny i Ifan y cadben. Dyro gyda mi i'r Tŵr."

Gwelai Goronwy reswm y cynnig, er bod ei
deimladau yn gwingo braidd; ond pan ddaeth y syniad i
bwyso arno fod un o ddigwyddiadau dedwyddaf ei
fywyd ar gael ei sylweddoli – ymweliad â'r Tŵr ar
wahoddiad ac yn nghymdeithas brawd enwog ei
ddyweddi, cydsyniodd gydag ochenaid.

"Twt! Paid ochneidio fel yna; mi ofala Ianto fod
popeth yn iawn; ni cheir y melys heb y chwerw,
bondigrybwyll," ebe Robin.

Cerddai Rheinallt a Goronwy fraich yn mraich i
fyny'r cae oedd yn arwain at y palas; rhedodd Morfudd
yn ôl ei harfer dwym i gyfarfod ei brawd, i'w groesawu
adref; a rhoes ei breichiau ar unwaith am yddfau'r ddau,
a chusanodd Rheinallt a chusanodd Goronwy.
Rhyfeddai ei brawd at eangder ei serch, ond dyma
Gwenllian ymlaen ar hyn, ac yn llongyfarch ei brawd yn
ei dull dilys arferol, ac wedyn yn cyfarch ei gydymaith
mewn dull mor gartrefol nes y gofynnodd Rheinallt

"Ho! Chwi a welsoch eich gilydd o'r blaen, felly?"

"Ein darpar frawd-yng-nghyfraith, Reginald," ebe
Gwen, "beth feddyli di ohono? Onid yw yn llencyn
dewr?"

Pe cawsai Morfudd ei dewis o naill ai taro Gwenllian,
ynte suddo o'r golwg i dwll yn y ddaear, buasai yn
anhawdd gwybod pa un a wnâi. Ond gan nad oedd yr
un o'r ddau yn ddichonadwy, nid oedd ganddi ond
gwrido gymaint fyth ag a fedrai, a sisial rhywbeth am
ddigywilydd-dra Gweni, a throi'r stori trwy ddweud y
buasai yn llawer gweddusach ynddi ddyfod â Ionofal
fach amddifad ymlaen i groesawu ei "hewythr" o faes y
frwydr. Digon hurt yr edrychai Goronwy hefyd; ac yn
wir nid oedd Rheinallt nemor gwell; ond daeth y
faethferch fechan ymlaen a'i gwên ddiniwed ar ei genau,

ac arwr y dydd a'i cusanodd yn serchus.

Hyn oll ar ddychweliad buddugoliaethus o frwydr. Y mae hynawsedd greddfol natur dda yn nawsio allan yng nghanol y digwyddiadau mwyaf cynhyrfus.

Pennod XV

Ond beth am y Cyn-faer? Pa fodd yr ymdrawodd y gaethglud?

Wel, cafwyd yr helynt cethinaf yn ei ddwyn i'r Tŵr. Ni bu erioed mewn gefyn garcharor mwy anystywallt. I ddechrau, ni fynnai symud ffêr o'r fan, a bu raid ei gludo, a baich anhydrin ei wala ydoedd. Ac wedi cyrraedd y dref, cafwyd gwaith mawr yn ei achub rhag cynddaredd y dyrfa, y rhai a fynnent ei rwygo yn gareiau. Y mae marwolaeth drwy ddwyo gwerin ddigofus, a hynny'n gyfiawn, yn un mor amharchus, fel yr arswyda pob meddwl rhagddi. O bob angau, dyma'r gwarthusaf. Nid oedd Robert Brown yn eithriad i'r rheol. O'u cymharu â'r dorf gynddeiriog, ystyriai hyd yn oed ei gaethgludwyr yn gyfeillion, ac ymdawelodd a gwasgodd atynt am eu nawdd. Ond pan gyraeddasant du allan i'r dref, dychwelodd ei ddrwgdymer yn ffyrnicach nag o'r blaen. Bondigrybwyll a weithredai fel goruchwyliwr y gaethglud; a'r dull a ddefnyddiodd Robert Brown i ad-dalu aml i gymwynas a dderbyniasai oddi ar law Robin yn ystod y daith ydoedd trwy frathu darn o'i fawd ymaith. Yr oedd yn troedio ac yn brathu pawb a ddelai yn agos ato; a diau fod ei gynddeiriogrwydd wedi ei yrru ymhell i dir gwallgofrwydd. Pan gyraeddasant y Tŵr, dodwyd ef yn y ddaeargell lle y cedwid carcharorion – cell dywyll laith, gan obeithio y deuai ychydig ato ei hun mewn mangre felly. A phan ddeallodd efe fod llaw mor anhyblyg a thynged ei hunan wedi ei dodi arno, ac na lwyddai iddo wingo yn erbyn ei gadwyn, trodd ei natur lorf y tu gwrthwyneb allan, a dechreuodd ddeisyf a thaer weddïo ar Rheinallt am gael rhyddid i weld haul Duw.

Toddodd digofaint ein harwr ato ar fyrder pan ddeallai ei fod yn erfyn am un o fendithion haelaf a gwerthfawrogaf y nefoedd; ac archodd ei symud i'r penty gerllaw y palas, adfeilion yr hwn sydd yn aros hyd yn bresennol, lle y gallai anadlu awyr bur a mwynhau goleuni trwy ffenestr wydr, wedi ei delltu â barau haearn. Cludid ei ymborth iddo oddi ar fwrdd y parlwr; ac er ei holl anwiredd, ni roddid arno yr amharch lleiaf ond oedd lwyr angenrheidiol. Yn y cyfnos, dychwelodd llesmair o gynddaredd ato drachefn. Y genedl Gymreig oedd y salaf a'r waethaf tan y nefoedd, ebe ef; a Rheinallt oedd y salaf a'r gwaethaf o'r genedl honno. Lleidr penffordd a dorasai ei dŷ ef; llofrudd Richard Ayles (un o'r bechgyn mwyaf hawddgar anwyd o wraig); llyfrgi gwael, yn ei gadw ef mewn caban felly pan y dylasai fod yn ei balas ei hun yn bwyta ei ginio ac yn yfed ei win. Yna gofynnai yn ostyngedig i un o'r ddau ddyn a'i gwyliai os ai a chennad at ei feistr yn gofyn caniatâd i Robert Brown, cyn-faer Caerllion siarad gair ag ef. Hwnnw yn ddigon difeddwl-drwg a gydsyniodd; a chyda ei fod ef o'r golwg neidiodd y carcharor fel panther ar y gwyliwr arall, bwriodd ef i'r llawr trwy sydynrwydd yr ymosodiad, ac yna nafodd ef yn dost â darn o haearn a gawsai ar lawr ei gaban. Ar ôl hynny, rhedodd â'r darn haearn yn ei law tuag at y tŷ, gan dyngu y lladdai bawb yn y lle. A phwy a chwaraeai gerllaw'r drws ond Ionofal fach.

"Geneth ordderch Sian Fflintshire, myn d – l," ebe ef "gan na ddarfu dy fam flinderog mo'th foddi fel y perais iddi, cymer hwnna i wneud yr un gwaith," a thrawodd hi â'r darn haearn nes oedd y fach yn lled farw ar lawr.

Wrth glywed y cynnwrf, tra yn derbyn cennad y gwyliwr, rhedodd Rheinallt a Goronwy a'r holl deulu tua'r fan, a gwelent y ddau ddioddefydd ar lawr, a'r llofrig llofruddiog yn chwifio y darn haearn o gylch ei ben, a bygwth lladd pwy bynnag a ddeuai ato.

"Na wnei di," ebe ein harwr. Osgödd y trawiad cyntaf; a chyn cael o'r llofrudd amser i godi'r offeryn dinistriol eilwaith, yr oedd dwy law gadarn am gorn ei wddf, nes y glasai yn ei wyneb, ac y disgynnai y darn haearn o'i law mor ddiymadferth a phe disgynasai o law dyn marw.

"Dywed dy bader, yr wyt wedi byw digon o hyd," ebe Rheinallt.

"Felly tithau, Rheinallt," ebe Brown.

"Nid oes waed plentyn amddifad teirblwydd oed ar fy nwylo i," ebe ein harwr.

"Tra y byddaf i byw, nid yw y plentyn yna yn hollol amddifad. Mae gennyf hawl i wneud a fynnwyf â'r eiddof fy hun," ebe Brown.

"Bondigrybwyll, dy gelwydd," ebe Robin, "ni ddaeth erioed o lwynau ellyll o'th fath di blentyn mor annwyl."

"Taw," ebe Rheinallt, "nid wyf yn amau na wneir aml i blentyn heddiw yn amddifad o dad; ond gobeithio eu bod oll yn cymryd ar ôl eu mamau, ac nid ar dy ôl di, genau trythyll llofruddiog. Dywed dy bader."

Safai'r Maer mewn pensyfrdandod, gan felltithio yr olygfa ryfedd o'i ddeutu.

"Dygwch y cortyn," ebe Rheinallt, "a chrogwch ef wrth y stapl* acw yn y nenfwd."

"Beth," ebe Goronwy, "ei grogi yn y parlwr!?"

"Ie," ebe Rheinallt," bu yn faer Caerllion Fawr ar Ddyfrdwy unwaith; efe a gaiff farw yn y parlwr — anrhydedd nad yw efe yn bersonol yn ei haeddu."

"Bydd ei ysbryd yn ein terfysgu ddydd a nos yn oes oesoedd," ebe Siôn.

---

* Y mae'r stapl honno yn aros yn nenfwd yr ystafell: a dangosir hi fel yr un y crogwyd arni Gyn-faer Caerlleon.

"Gresyn," ebe'r ddwy riain, "mae yntau yn frawd i rywun."

"I fyny ag ef," ebe Rheinallt.

Dodwyd y cortyn am ei wddf gyda chryn sicrwydd gan Robin; a pharodd cyffyrddiad yr offeryn hwnnw â'i wddf noeth y fath syched ynddo am fywyd fel y torrodd allan i lefain yn uchel amdano.

"Yr hyn a gymeraist ti mor anhaeddiannol oddi ar eraill, rhaid ei gymryd yn haeddiannol oddi arnat tithau. Trugaredd i dy enaid tlawd annuwiol; bydd raid talu llawer cyn y ceir ei fath o'r purdan. I fyny ag ef."

"Arhoswch gael i mi roddi y darn bawd yma yn ei geg," ebe Robin, "fel y cyflawnid yr Ysgrythur, 'a'u gweithredoedd i'w canlyn hwynt'."

"Na lefara gabledd, filain," ebe Goronwy.

Ac wedi ei godi i'r uchder angenrheidiol, ebe Rheinallt, "Gadewch yr adyn yna i farw." Cyflawnwyd y gorchymyn, a gadawyd y diras wrtho ei hunan yno i farw yn ngwyll y cyfnos. Felly y darfu am Robert Brown, a lanwasai unwaith y swydd o faer Caerllion; ac, a defnyddio alegori o eiddo un o efengylwyr Cymreig y ganrif hon, nid oes ond gobeithio "iddo gael trugaredd rhwng y bont a'r afon."*

"Dau gorff yn yr un tŷ," ebe'r hen air. Y fenyw diwylliedig yn barchus ar yr ystyllen, ei thwyllwr ynghrog wrth y nenfwd, a phlentyn yr ymdrafodaeth anghyfreithlon yn anwylyn y teulu. Drych cywir o ddiwedd einioes dau gymeriad o'r fath. Ac onid priodol y mabwysiadwyd yr enw Ionofal, ar gynigiad Bondigrybwyll?

Jane Fflintshire, fel y'i gelwid, a gladdwyd mewn pridd cysegredig; a Robert Brown mewn llannerch

---

* John Evans Llwynffortun (1779-1847); mewn pregeth o'i eiddo cyfeiriodd at feddwyn a syrthiodd oddi ar bont a boddi.

anghyfannedd. Dymunai rhai o'r milwyr ei ddaearu fel drwgweithredwyr eraill mewn pedair croesffordd; ond ni fynnai Rheinallt droseddu ar derfynau angau.

"Yr ydym ni," ebe ef, "wedi ei gosbi hyd yr eithaf; boed rhyngddo bellach a'i Dduw."

Pennod XVI

Yr oedd y braw ynghylch y rhai y tybiwyd eu bod wedi eu llofruddio yn fwy na'r briw. Adenillodd y gwyliwr ymwybodolaeth yn lled fuan; ac er bod y lodes fach wedi ei hanafu yn dost, daeth yn raddol ati ei hun. Dangoswyd y tiriondeb pennaf tuag atynt, yn enwedig at Ionofal – ychwanegodd yr anffawd gwlwm newydd ar linynnau serch tuag at y caffaeliad amddifad. Yr oedd yn ymryson yn eu plith pwy a ddangosai fwyaf o serch. Robin a ddwedai y buasai yn well ganddo gael brathu ei fawd arall lawer gwaith nag i'r beth fach annwyl dderbyn unrhyw niwed. Cludai Rheinallt y glwyfedig yn ei freichiau, gan ollwng aml i ddeigryn tosturi i lawr ei ruddiau a llefaru, "Pa wahaniaeth pwy ydyw tad y corff brau hwn; y mae'r ysbryd yn hanu o'r un man â'n hysbrydoedd ninnau."

Gadawodd Goronwy y Tŵr cyn i'r crogiedig gwbl lonyddu; yr oedd delw ei dad marw yn gweithio o hyd gerbron ei lygaid; ni theimlai'n ddedwydd hollol heb fynd adref i gysuro ei fam alarus; ac awgrymodd Morfudd a Gwenllian y priodoldeb o hynny iddo hefyd. Aeth y rhianedd i'w hebrwng dros gae neu ddau (cwitiau a ddwedir am gaeau mewn rhai parthau o sir Fflint), a bu ymgom rhyngddynt ar bwnc y dydd; awgrymwyd fod perygl i'r weithred olaf yn y ddrama enyn ddicllonedd yr awdurdodau goruchel, os nad y brenin ei hun.

"Yr wyf yn ofni," ebe Gwenllian, "fod fy mrawd, gyda'i holl ragoriaethau, yn fyrbwyll ac yn benderfynol iawn; a thrwy hynny, y tynn ddrycin am ei ben heb raid nac achos.'

"Lleferydd llwfr, Gwenllian, ydyw'r geiriau yna," ebe

Goronwy. "Ni wnaeth Rheinallt ond a ddylasai. Onid yn anghyfiawn yr atafaelwyd eiddo y bardd? Ai drwg ydoedd eu dychwelyd i'w gwir berchennog? Ai iawn yn Robert Brown heddiw ddyfod a'i ddieiflgwn i geisio cosbi y diniwed a dial ar y diamddiffyn? A thrachefn, pa beth gyfiawnach na chrogi llofrudd? Gadewch rhyngwyf fi a'r brenin."

Oni buasai am ddifrifoldeb y dydd, torasai y ddwy i chwerthin yn uchel am ben hyder y llanc yn enwi ei hunan yn yr un frawddeg â Iorwerth IV. Neidiodd y milwr ar ei farch, a charlamodd ymaith.

Wedi cyrraedd adref, ail adroddodd Gwenllian ei hofnau. Pan aiff pryder i ben menyw, gwaith anhawdd ydyw ei gael oddi yno; bydd ar flaen ei thafod am amser maith. Ymollyngodd Rheinallt i fyfyrio, ac i ymddiddan ar y pwnc osodasid ger bron.

"Mae yn wir," ebe ef, "mai gwell cariad y ci na'i gas, a gwell ci byw na llew marw. Ond," ebe ef gan ymestyn i'w lawn faintioli, "gwneud yr hyn sydd iawn ydyw'r peth, a gadael y canlyniadau i Dduw. Y mae gwg brenin a gwg cardotyn yr un peth i mi. Os na ddiala rhywun gam ein cenedl, fe â ein gwlad yn watwaredd ac yn wawdbeth yr holl genhedloedd."

Pennod XVII

Yr oedd yn anhawdd penderfynu pa un ai chwedl ynte ymddangosiad y sawl o "borthmyn" yr Wyddgrug ag a gyraeddasant Gaerllion y prynhawn hwnnw oedd y mwyaf truenus. Siaradent yn isel, ac edrychent yn yswil. Y Maer a glybu am aflwyddiant yr ymgyrch, ac a ddanfonodd am rai o'r dychweledigion i'w holi yn nghylch y manylion. Rhoddodd y rhai hynny yr hanes iddo yn wynebdrist a phenisel.

"Chwi a gawsoch yr hyn a haeddasoch," ebe Robert Rainford, "Pa hawl neu pa reswm oedd i rhyw fustachiaid o ddynion fel chwi, heb lywydd medrus nac arfau cymwys, fynd i geisio tynnu ysglyfaeth o safn llew?"

"O! Yr oeddem ni cystal ymladdwrs â hwythau," ebe'r dynion.

"Drwg ydyw'r argoel," ebe'r Maer.

"Geiff o weld eto," ebe hwythau; "mae ein plaid ni yn tyngu y mynnant ryddhau Robert Brown costied a gostio; a dau gant ohonom yn awr yn barod i'r antur. Ni a ddysgwn iddo ladd Richard Ayles a dal ein harweinydd."

"Druain bach!" ebe Rainford, "yr ydych yn ddewr iawn; gobeithio y cewch chwi Reginald a'i wŷr yn cysgu, onide bydd glaswellt Mai nesaf yn tyfu yn braf uwch eich pennau."

"Yn mhob pen y mae opiniwn," ebe hwythau, ac ymadawsant. "Ni bydd opiniwn yn eich pennau chwi yn hir," ebe'r Maer.

Ar ôl eu hymadawiad, tra yr oedd y Maer yn synfyfyrio, wele ŵr ieuanc o swyddog milwrol, yn cael ei wysio i'w wyddfod, ac oddi wrth eu dull serchog ond moesgar yn cyfarch gwell, yr oedd yn amlwg eu bod yn gydnabyddus â'u gilydd o'r blaen.

"Eistedd yma ar fy neheulaw, Goronwy," ebe'r Maer, "ti a glywaist, ond odid, am fuddugoliaeth dy gyfaill Reginald o'r Tŵr?"

"Eich urddas, mi a glywais, ac a welais; y mae dau o'm synhwyrau felly yn dystion i'r ffaith."

"Ac yr oeddit yno?"

"Yno yn niwyg y porthmon, fel y rhelyw o wŷr Caer; a chwip yn fy llaw, a dagr a bwyall dan fy ngheitlen – yr un ffunud â'm cymdeithion. Mi a welais ladd Dic Alis."

"A Dic wedi ei ladd gan Gymro! Buasai yn well gan Dic gael ei grogi wrth bren crabas gan Sais. Pwy a'i lladdodd?"

"Mab i'r dyn a laddodd yntau yn y ffair," ebe Goronwy. "Yr wyf yn apelio at eich anrhydedd fel bonheddwr teg, ar bwy yr oedd y bai? A oedd bai ar Reginald a'r Cymry yn amddiffyn eu hunain?"

"Fel yr wyf yn faer Caerllion, ni allaf fi weld arnynt fai. Ac eithaf peth y gwelaf fi gosbi Brown; canys terfysgwr ymyrgar ydyw bob amser, yn trythyllu gyda menywod, ac yn cweryla hefo'i gydryw holl ddyddiau ei einioes. Parodd lawer o anghysur i mi er pan wyf yn faer Caerllion."

"Y mae pob un o'i fath, eich urddas, yn haeddu ei grogi," ebe Goronwy.

"Ei grogi ddengwaith drosodd," ebe Rainford.

"Ac eto am gosbi terfysgwr o siopwr fel yna, mae yn dra thebyg y cynhyrfir nef a daear yn erbyn Reginald. Yr wyf yn deall fod pleidwyr Brown eisoes ar waith yn llunio deiseb at Arglwydd Stanley, er ceisio enyn ei ddicllonedd at y Cymry am amddiffyn eu cam."

"Mi a ddrysaf eu cynllwyn," ebe'r Maer, "yr wyf yn adnabod Syr Thomas yn dda, ac un o'r arglwyddi gorau a gafodd Cyffiniau Cymru ers llawer oes ydyw; danfonaf gennad ato yn ddi-oed fel y gwybyddo'r holl hanes, cyn y gwenwyner ei feddwl gonest gan hustyngwyr maleisus."

A danfonwyd cenadwri ar frys gwyllt at Arglwydd Stanley, yn mha un y gosodai'r Maer draethiad manwl ac eglur o dreigliad amgylchiadau mewn cysylltiad â'r cythrwfl, ac a ddeisyfai ar i'w arglwyddiaeth chwilio yn bwyllog i'r achos, ac yna na phetrusai ef (y Maer) parth y canlyniadau. Ac er cau genau pob athrodwr, erfyniai ar Arglwydd y Cyffiniau eiriol yn ddi-oed fel y câi'r cyhuddedig bardwn uniongyrchol y brenin.

Cydsyniodd Arglwydd Stanley â chynhwysiad y genadwri, canys nid oedd ysbryd gwrthnysig Brown yn anhysbys iddo. Enillwyd ei ffafr ar unwaith; a chyn i gwynion y blaid wrthwynebol ei gyrraedd, yr oedd gollyngdod Rheinallt am ei holl weithredoedd diweddar wedi ei roddi, a sêl y brenin wrtho.

Ond yr ydym yn rhagflaenu yr hanes.

Fel y gellid meddwl, ymadawodd Goronwy â phalas y Maer yn llawen, oblegid yr oedd wedi gwneud gweithred o gyfiawnder â chydwladwr, yr hyn oedd bob amser yn ddymunol i'w natur; a pheth arall, wedi rhoddi cwlwm newydd ar linyn ei garwriaeth. Cadwai bobl y Tŵr yn hysbys o bob symudiad yn Nghaer; ac er nad oedd y trydan wedi ei ddarganfod yn yr oes honno, yr oedd ganddynt aml i lwybr dirgel a chyflym i ddweud eu helyntion wrth ei gilydd.

Pennod XVIII

Nid oedd y blaid elynol yn segur. Tra yn cynllwyn dinistr Rheinallt gydag Arglwydd y Cyffiniau, darparent ryfelawd ar raddau ehangach na'r un anffodus ddiweddaf, er gwneud rhuthr ar gadarnfa y pennaeth Cymreig; a chanddynt ddau cant o wŷr i'r perwyl hwnnw. Nid oedd y Maer na'r awdurdodau dinesig yn eu cydnabod nac yn eu hachlesu y tro hwn ychwaith; ac felly yr oedd yr anturiaeth yn hollol ar eu cyfrifoldeb eu hunain. Cychwynasant i'w neges yn ngwyll cyfnos tawel o Ebrill 1465, tan lw bob un iddo ei hun na ddychwelai heb gosbi'r troseddwr a rhyddhau'r carcharor. Goronwy, yn gwybod am eu holl gynlluniau, a gychwynasai gyda dau neu dri o gyfeillion ffyddlon o filwyr, ar hyd ffordd gwmpasog yn y prynhawn, ac a gyraeddasai y Tŵr cyn bod yr ymosodwyr yn barod i gychwyn o Gaer. Yn un o'r pethau cyntaf, penderfynwyd symud y merched at gyfeillion i'r Gwysaney, hen balas godidog a safai (ac a saif) mewn coedwig tua dwy filltir tu hwnt i'r Wyddgrug, yn nghyfeiriad Rhosesmor; fel na archollid teimladau tyner menyw gan yr helynt a gymerai le; a Goronwy a Bondigrybwyll a osgorddent y cerbyd a gludai Gwenllian, Morfudd, Ionofal, a'r gwasanaethesau i'w noddfa newydd. Wrth ddychwelyd yn frysiog o'r negeswaith hon, cafodd y ddau gyfleu i gyfnewid syniadau na fwynhasent ers hir amser cyn hynny.

"Bondigrybwyll, Goronwy," ebe Robin, "y mae tro rhyfedd ar fyd! Yr wyf yn ofni y daw hi yn sobor ar Rheinallt am grogi Brown."

"Ddim sobrach arno, Robin, nag y daeth ar Brown

ei hun am frathu tamaid o'th fawd di."

"Ie, tamaid chwerw i'r gwalch oedd hwnnw," ebe Robin; "hir y cnoir tamaid chwerw. Be gaiff Rheinallt, tybed?"

"Maddeuant," ebe Goronwy; "maddeuant am grogi llofrudd!!"

"Yn wir!" ebe Robin.

"Yn wir," ebe Goronwy, mewn llais hyderus.

"Campus, bondigrybwyll, campus," ebe Robin, gan ddechrau dawnsio "Sawdl y Fuwch," a diasbedain canu tros yr holl fro.

"Tyrd yn dy flaen, gad-ffŵl," ebe Goronwy, "oni wyddost fod cyhoeddiad pwysig yn ein haros?"

"O, na hitia befo," ebe'r dawnsiwr, "bachgen clyfar wyt ti, Goronwy, yn teilyngu Morfudd, er mai Morfudd ydyw'r rhiain lanaf yn nhair talaith Cymru."[*]

"Diolch i ti, Robin, tyrd ymlaen, fy machgen mawri; neu bydd cŵn Caer yn y Tŵr o'n blaenau."

Ac ymlaen yr aethant o lech i lwyn, gynted gallent, gan osgoi y dref, a chymryd y llwybr unionaf gyda godre Gwernymynydd; ond byddai Robin yn cael mynych lesmair o lawenydd a dawns ar dderbyniad rhyw ateg adnewyddol gan ei gydymaith o sicrwydd ffaith y pardwn.

Pan yn tynnu at ben eu taith, croesent gae, ac ymhen draw y cae hwnnw, llwyn o goed; ac ar eu mynediad tros y clawdd i'r coed hwnnw, clywent ryw "Hust!" hirllais. Deallasant yn ebrwydd fod Rheinallt ac amryw o'i wŷr yno'n ymguddio, ac yn disgwyl bob eiliad am ddyfodiad y gelynion. Ac ni bu eu disgwyliad yn hir; gwelid hwynt yn ngoleuni lloer wannaidd yn ymgripio fel llyffaint i fyny'r allt, gan gyfeirio at y Tŵr. Cynllwyn yn erbyn

---

[*] Tair Talaith Cymru oedd y tair teyrnas blaenaf yng Nghymru'r canol oesoedd, sef Gwynedd, Powys a Deheubarth.

cynllwyn, ac ystryw yn ngwrth ystryw, ydoedd; a buasai eu tarfu mewn un modd yn annoeth.

"Gadewch iddynt," ebe ein harwr, "y maent yn ymdaith i'w dinistr; fe'u crogir ar eu crocbren eu hunain."

Cyraeddasant y tŷ, ac er eu syndod yr oedd drws y porth yn gilagored, heb neb yn ei wylio. Meddylient fod eu prif amcan wedi ei gyrraedd. Mewn ufudd-dod i orchymyn eu llywydd – y Cadben Siôn Olfer wrth ei enw, braddug anystyriol o Sais tra chyffelyb ar lawer ystyr i Dic Alis, llafn afrosgo o gorff a gwyrgam o feddwl, a gollasai un o'i freichiau cyhyrog yn un o ryfeloedd lluosog yr oes honno. Dewiswyd ef i'r swydd o herwydd ei fod yn filwr profiadol, ond yn bennaf ar y cyfrif ei fod yn flaidd rhyfygus o ddyn – a barodd i ugain o'r gwŷr fynd i mewn a rhyddhau Robert Brown.

"Yn y ddaeargell, o tan y tŷ, mae yn dra thebyg y cewch chwi ef yn dihoeni. Chwiliwch amdano, a mynnwch ef, a lladdwch pwy bynnag a geisio eich rhwystro, ninnau a arhoswn yma i'ch disgwyl."

Aethant ymlaen, troesant ar eu chwith, goleuasant gannwyll, cymerasant y grisiau oedd yn arwain i'r seler, a dechreuasant chwilota yno am wrthrych eu cais, ond nid oedd hanes ohono yn unman – ni welent ddim ond gefynnau gweigion.

"Ddaw'r rhai hyn yn wasanaethgar eto," ebe hwy, "i rwymo'r cythreuliaid, os deuwn o hyd iddynt, a chodasant yr offerynnau caethiwed i'w cymryd ymaith.

Gyda hyn dyma ddrws y ddaeargell yn cau yn glep, a'r gwellt yn ei ymyl yn ffaglu gan dân. Rhuthrasant at y drws gyda'r bwriad o'i falu'n ysgyrion, ond yr oedd mwg a nwy y gwellt yn eu tagu, ac yn eu gorfodi i gilio'n ôl i ganol y ddaeargell, lle nad oedd yr awyr bellach nemor burach, ac yn mynd waethwaeth o hyd.

Yr oedd y cynnwrf oddi allan bellach mor fawr, fel na sylwai ac yn wir na chlywai yr un o'r pleidiau grochleisiau y trueiniaid yn y ddaeargell tra yn mogi i farwolaeth. Ugain oedd eu rhif, a chollasant eu heinioes mewn brwydr heb graith nac archoll ar un ohonynt. Parasai sydynrwydd Rheinallt a'i wŷr gyffro ac anhrefn ymhlith y Saeson, fel yn eu prysurdeb i ddodi eu rhengoedd mewn trefn yr anghofiasant wneud unrhyw ymdrech i waredu eu cymdeithion oddi fewn. Dechreuwyd taro yn ebrwydd; yr oedd pob plaid yn sychedu am waed, a gwaed ei wala a gafwyd yn cochi glaswellt y lawnt o flaen y palas, ac yn ceulo ar wyneb y llyn; canys yr oedd rhai o'r Saeson wedi cymryd meddiant o'r pleser-fadau a rhwyfo ynddynt i ganol y llyn, er eu diogelwch, a'r Cymry wedi nofio atynt, a gwaed lawer wedi ei dywallt ar wyneb y dwfr llonydd hwnnw. Gan ei bod yn awr yn bur dywyll, y Cymry wrth wibio blith draphlith ymysg y gelynion a anafent ei gilydd yn fynych yn ddiarwybod; ac o ganlyniad, Rheinallt a roes orchymyn ar i'w ddynion adrodd yn ddi-baid yr hen ddihareb, "Ni cheir y melys heb y chwerw;" a bu y cynllun yn foddion i atal yr amryfusedd rhaglaw.

Ceisiai y Saeson eu dynwared, ond yr oedd y ddwy 'ch' yn cyhuddo eu tafodau anystwyth. Barnai Siôn Olfer oddi wrth arogl y gwellt llosgedig a gyrhaeddai ei ffroenau fod y palas ar dân, a bod yr ugain gŵr yn rhostio ynddo, a galwodd am wneud rhuthr egnïol a'u mynnu allan. Ond er ymdrech galed methwyd a chyrraedd yr amcan – yr oedd y Cymry yn eu medi i lawr bob cynnig. Ymdrechwyd yn nesaf gael gafael ar y pennaeth Cymreig ei hun; Siôn Olfer a arweiniai yr ymosodiad yn bersonol. Troes Siôn glamp o gleddyf hir-lafn o gwmpas, gan regi a melltithio fod ei un fraich ef yn werth pedair braich wrth ysgwyddau unrhyw Gymro, ac anafodd amryw yn dost hefo'i ddull rhyfedd a mileinig o ymladd: ysgubodd glust y Cadben Ifan yn lân oddi wrth ei ben. Yn wir yr oedd yn torri adwy effeithiol, a phob argoel y buasai ein harwr ac yntau yn ebrwydd mewn brwydr law-law, pan y sangodd Goronwy i'w ochr ac a roes iddo bigiad dwys â blaen ei ddagr yn ei ystlys. Siôn Olfer a ebychodd yn herfeiddiol hanner gwaedd hanner ochenaid, lluchiodd ei gleddyf at ben Rheinallt, yr hwn a fethodd yn ei nod, a syrthiodd i lawr fel marw.

Y Saeson pan ddeallasant fod eu llywydd wedi cwympo, ac yn gweld nad oedd o barhau'r ymladdfa'n hwy ond dinistr llwyr yn eu haros, a ffoesant un ac oll am eu bywydau: a'r tro hwn, penderfynodd y Cymry na chai yr un ohonynt gyfleustra i ddyfod ac ymosod ar Froncoed mwy, nac un ohonynt os oedd modd yn y byd, ddychwelyd i Gaer i adrodd tynged y gweddill. Felly, ymlidiwyd hwynt yn galed, ac fel y goddiweddid hwynt, torrid hwynt i lawr yn ddidrugaredd; hyd lasiad y bore, ac hyd yr afon Dyfrdwy, y parhaodd y ffoi a'r ymlid; ac ar fin yr afon honno y gweddill ymlidiedig yn gweld nad oedd ond angau sicr yn eu haros ar eu tir, a ymdaflasant i'r llifeiriant ac a foddwyd. Ac ni ddihangodd o'r ddau can ŵr namyn un i hysbysu eu cyd-ddinasyddion dynged y gweddill. Dim ond un. Meddyliwyd fod Siôn Olfer mor farw a'r lladdedigion eraill, a dodwyd ei gelain yn y pentwr i aros y bore, pryd y bwriedid eu cyflwyno gyda'u gilydd i fynwes eu mam – yr hen ddaear. Nid oedd y Siôn yntau mor farw; yn ystod y nos dadebrodd o'i lesmair, ac er wedi ei anafu yn dost, gallodd ymlusgo o blith y lladdedigion, ac o dipyn i beth cyrhaeddodd gartref a golwg mawr arno. Yr oedd ei chwedl yn un athrist yn wir; ac efe a luniodd gyntaf y gair a ddefnyddiodd gelyniaeth i bardduo Rheinallt o oes i oes, sef fod ein harwr wedi gadael i'r Caerwyson fynd i'r palas ac yna ei roddi ar dân. Buasai llosgi hendref ysblennydd felly er mwyn difetha dynionach anheilwng, yn ddifrod anfaddeuol, ac yn hollol anghyson â chymeriad Rheinallt ap Gruffydd o'i grud i'w fedd.

Pennod XIX

Tŵr Bronwen, Caer Gollwyn, Castell Hardd-llechwedd neu Ailechwedd, Castell Harlech; gwahanol enwau a ddefnyddiai gwahanol oesau i ddynodi y lle. Arwydd o gymeriad bylchog yn yr oes hon ydyw mynych newid enw; yr oedd yn wahanol gynt, canys nid oes yn Nghymru gastell a fedd well cymeriad castellaidd na Chastell Harlech. Y mae wedi ei adeiladu ar un o glogwyni geirwon Ardudwy, yn Meirion, ar lecyn a ddewisasid yn yr oes hon i godi goleudy arno yn hytrach na chastell. Saif ar graig sydd a'i throed yn y môr a ymdonna dros Gantref y Gwaelod, ac ar fin Dyffryn Ardudwy, chwareufwrdd aml i ramant hud a lledrith yr hen Gymry. Codwyd yr adeilad y mae ei murddyn i'w gweld yn bresennol ar adfeilion caerfa flaenorol, gan Iorwerth I yn y 13eg ganrif – yr un pryd â chestyll Caernarfon, Conwy, Caerffili, &c, gyda'r amcan o gadw ciwdodau Seisnig yn nghanol y wlad; a gwneid y cyfryw gaerau yn breiffion a chedyrn, modd y parent ofn eu gorchfygwyr ar y brodorion. Wrth reswm eu creaduriaid eu hunain o'u cenedl eu hunain, a osodai y naill deyrn ar ôl y llall yn geidwad y cadarnfeydd anorthrechol hyn. Gydag un eithriad, Saeson a fuont yn gwnstabliaid Castell Harlech o 1284 hyd 1684, cyfnod o bedwar can' mlynedd. Yr eithriad hwnnw ydoedd rhwng 1461 a 1468, a'r Cymro a lanwodd y swydd y cyfnod hwnnw ydoedd Dafydd ab Einion o Faes y Neuadd, yn Nanmor, ger Beddgelert. Glew-ddyn pendefigaidd, gwladgar, o gorff hardd a meddwl penderfynol, oedd y Dafydd ab Einion, wedi gweld a chymryd rhan mewn llawer brwydr waedlyd yn ei wlad ei hun, yn Lloegr, ac yn

Ffrainc. Yr oedd yn Lancastriad selog. Nid yw hanes yn dweud pa un ai ei osod yn gwnstabl Harlech a gafodd gan ei blaid ei hun, ynte cymryd y swydd trwy drais a ddarfu iddo oddi ar y blaid wrthwynebol. Pa fodd bynnag, trwy gadernid y gaer, a medr ei cheidwad, hi a heriodd alluoedd brenin Lloegr am saith mlynedd, a Harlech oedd y castell diwethaf yn y deyrnas a blygodd i awdurdod Iorwerth IV.

Yr oedd Dafydd ab Einion a Gruffydd ap Bleddyn o'r Tŵr yn gyfeillion mynwesol, os nad yn berthnasau pell; y gŵr o Faes y Neuadd a wlychai wefus ac a gaeai lygaid ei gyfaill pan y syrthiodd tan ei archoll farwol ar faes Blawrhith; ac efe yn unswydd a ddaeth â'r newydd galarus i Froncoed fod y fam yn weddw a'r plant yn amddifaid. Gydag anwyldeb tadol y cusanodd ac y cofleidiodd efe Gwenllian, a breision y dagrau a dreiglent hyd ei ruddiau pan y sylwai ei bod yr un ffunud a'i diweddar fam; gyda hoffter cynhesol y cyfarchodd y plant eraill ac y cododd Rheinallt ar ei fraich gref, gan gysuro y weddw newydd trwy ddweud y doi y rholyn hogyn braf hwnnw yn fuan i lanw lle ei dad, yn filwr gwych o blaid y Lancastriaid, ac yn gysur i'w fam.

Erbyn 1465, yr oedd y bachgen braf wedi tyfu yn filwr enwog; a phan ddibennodd y gyfres o ysgarmesau a grybwyllasom eisoes yn ngodre sir Fflint ufuddhaodd ein harwr i wahoddiad taer hen gyfaill ei deulu, a throdd ei wyneb tuag Ardudwy, i ddilyn tueddfryd gynhwynol ei natur. Ymgynullasai lliaws o ddewrion Gwynedd a Phowys i amddiffyniad Harlech, ar egwyddor yr hen air, "Adar o'r unlliw ehedant i'r unlle," ac yn eu plith yr oedd dau beth bynnag o sir Fflint, sef Rheinallt ap Gruffydd a Siôn Hanmer, * o Faelor Seisnig. Nid ymddengys i Harlech gael ei ddodi tan warchae

---

* Un o'r Hanmeriaid hyn oedd gwraig Owain Glyndŵr.

rheolaidd hyd 1468; hyd hynny, gwneid defnydd ohono fel prif wersyllfa y Lancastriaid yn Ngwynedd, os nad yn Nghymru, yn lloches mewn caledi, ac yn fan encil yn ei thro i rai o benaethiaid y blaid honno. Er enghraifft, bu Margaret o Anjou* yn ymnoddi yma am ysbaid; ac oddi yma yr aeth hi mewn llong i'r Alban, lle y cynullodd fyddin gyda pha un y gorchfygodd ac y lladdodd Dug Iorc yn mrwydr Wakefield.

Chwarae ffristial a thawlbwrdd (tebyg i *chess* a *quoits* y dyddiau hyn), ymryson rhedeg a neidio ar draed (ac ar feirch os na fyddai gelynion oddi allan i'w lluddias), canu penillion gan dant a chyrdeddu cynganeddion byrfyfyr, ymryson chwarae'r delyn ac anelu codwm bob yn ail, fel y profid cadernid y gewynnau a thynerwch y cyffyrddiad, ydoedd eu difyrion yn ystod oriau hamddenol y gadlys; ac yr oedd Rheinallt yn bencampwr yn mhob un o'r ymrysonfeydd hyn. Weithiau ymddifyrent trwy adrodd am y lluosocaf hen ddiarhebion Cymreig, neu traethent am y gorau chwedlau a rhamantau am rai o hen wroniaid y genedl, tra yr ymrysonent bryd arall mewn adrodd eu gorchestion personol eu hunain. Fel esiampl o'r olaf, y mae ar gof a chadw mewn amryw lawysgrifau y chwedl ganlynol.

Cefnderw a gyfarfuasant mewn gwindy, lle yr aethant i draethu eu campau y naill i'r llall. Y cyntaf oedd Dafydd ab Siencyn ab Dafydd Drach o Nant Conwy (yr hwn a fu ar encil oddeutu Carreg y Gwalch, ger Llanrwst,) a ddywedodd, "Dyma'r Pedwar ddagr â'r hon y lleddais yr Ustus Coch ar y fainc yn Ninbych."

Yr ail, sef Dafydd ab Einion a ddywedodd, "Dyma'r cleddyf a'r onnen â'r hwn y lleddais y Siryf yn Llandrillo."

Y trydydd, sef Rheinallt ap Gruffydd ab Bleddyn o'r

---

* Gwraig ddewr y brenin anffodus Harri VI.

Tŵr, a ddywedodd, "Dyma'r cortyn â pha un y crogais faer Caer pan ddaeth i losgi fy nhŷ."

Yna gofynasant i'r pedwerydd, yr hwn oedd wr heddychlon, sef Gruffydd Fychan ab Ieuan ab Einion, pa orchest a wnaethai ef? Yntau a ddywed, "Dyma'r cleddyf pe tynaswn ef mewn amharch, a wnaethwn gymaint â'r gorau un ohonoch."'

Nid anghofient ychwaith ystyried llwyddiant eu plaid, na moli gwroldeb y dynion dewr oedd tan ei baner. Er nad oedd y brenin ei hun wedi ei gyfaddasu i wisgo coron mewn oes mor derfysglyd, yr oedd ei frenhines yn arwres yn wir; ac am Siasper Tudur, Iarll Penfro, o ach a thras Tuduriaid Penmynydd, Môn, dyna wron! Buasai unrhyw genedl dan haul yn falch ohono. O'r tu arall, llwyddiant byr oedd llwyddiant eu gelynion; tywyniad haul yn y cyfnos cyn mynd yn llwyr tros os y gorwel. Mae yn wir fod Syr Gwilym Herbert, a Risiart ei frawd, yn ddynion dewr; ond fe ddeuai gwynt anghydfod yn fuan ac a'u chwythent drosodd atynt hwy. Ond pa beth bynnag a ddeuai, ni welid baner y Rhosyn Gwyn, tra anadl yn eu ffroenau hwy, yn chwifio ar Dŵr Bronwen. Hwre i Gastell Harlech!

Pennod XX

Terfysgwyr anhydrin Caerllion wedi eu gorchfygu neu eu lladd, pardwn y brenin i Rheinallt wedi ei dderbyn, teulu'r Tŵr ar eu haelwyd eu hunain yn ôl, yr hendref yn absenoldeb ein harwr tan ofal y Cadben Ifan a Bondigrybwyll, olwyn amser yn troi fel arferol, oddigerth symud Goronwy gyda'i gatrawd o Gaer i Gaernarfon, ac un fynwes beth bynnag yn teimlo chwithdod a hiraeth am ei ymweliadau mynych. Dyna fel y safai pethau yn Ystrad Alun. Nid anghofiodd Goronwy na Morfudd byth y cyfnos tawel hwnnw y canasant yn iach ar ei ymadawiad ef â Chaer. Safent o tan fedwen hirwallt, a thyngwyd yr adduned yn ngŵydd y blaned Wener fod llinynnau eu bywyd o hynny allan yn glymedig byth; a daeth chwa o wynt ac a ysgydwodd ddwysged o ddail y pren am eu pennau.

"Fy annwyl Forfudd," ebe Goronwy, "y mae dy frodyr yn fodlon, a'th chwaer gu yn fodlon, a dyma'r fedwen yma fel cynrychiolydd y nefoedd yn dweud eu bod yn fodlon yno."

"Buasai yn wir ofidus gennyf gael un ohonynt yn anfodlon," ebe Morfudd, "er y bydd rhai o'm tras yn gwgu fy mod yn ymserchu ar wreng. Ond ni edrych gwir serch byth ond ar ei wrthrych, y mae yn ddall i'w gysylltiadau; bydol-serch gwasaidd a edrych ar y cysylltiadau tra yn ddiofal o'r gwrthrych."

Anadlwyd llawer gair cariadlawn, a seliwyd yr addunedau â chusanau mêl; yn y serchoed hapus hwnnw rhyngddynt, a daeth pryd ymadael ar eu gwarthaf.

"Cyn yr ei," ebe Morfudd "ti a grybwyllaist am

fodlonrwydd Gwenllian; bodlonrwydd Gwenllian ydyw un o'r breintiau uchaf yn fy ngolwg; ond y mae dy galon bellach yn haeddu un o gyfrinachau fy mywyd – nid chwaer i mi yw Gwenllian – merch gyfreithlon anrhydeddus ydyw i wron ucheldras, dewr a gollodd ei mam hi pan y cafodd hithau; a'i thad a'i danfonodd, gan ei bod yr unig blentyn, yn ngofal mamaeth i fod tan arolygaeth fy mam. Magwyd ni felly gyda'n gilydd fel brodyr a chwiorydd; yn wir byddaf yn meddwl fod Rheinallt yn anwylach o'i Wen nag o'i Forfudd; a bod yr anwyldeb hwnnw ar gynnydd, ond nid wyf fi'n eiddigus."

Synnodd Goronwy yn aruthr, a rhedodd ei feddwl at yr annhebygolrwydd teuluaidd oedd rhwng Gwenllian a'r gweddill o bobl y Tŵr. "Ond pwy yw y gwron dewr ucheldras, f'anwylyd?" ebe ef.

"Mi a ddwedaf yn ôl llaw," ebe'r ddyweddi deg, "ond pwy debyget ti oedd y famaeth a ddaeth yn wyryf ddiniwed â Gwenllian yn ei ffedog yr holl ffordd ar farch o Faes y neuadd i'r Tŵr; ac a'i magodd yno am ysbaid?"

"Ni wn o holl ferched y byd," ebe Goronwy. "Siân Fflintshire, druan dlawd, fel y llysenwid hi yn Nghaerllion. Yr oedd hi y pryd hwnnw, meddent hwy, yn llances wledig, wridgoch, bropor, ddifeddwl; a phan ddaeth Gwen i redeg o gwmpas, aeth chwilen i glust Siân; ni wnâi dim y tro ond cael mynd i weini i Gaer, fel y gallai wisgo fel *lady*, a dysgu Saesneg; damweiniodd yno fynd i wasanaeth rhiaint Robert Brown, a phriodas ddifodrus fu y canlyniad. Efallai nad yw'r hanes hwn yn gweddu i dafod merch?"

"Dos ymlaen," ebe Goronwy, "i'r pur y mae popeth yn bur."

Aeth y rhiain ymlaen: "Ai ei ladd ynte marw a ddarfu i'r plentyn cyntaf ni ŵyr neb ond Robert Brown a Siân, a'r Hwn a ŵyr bopeth. Ganwyd ail a thrydydd, a diflannent o'r golwg. Ceir rhyw esboniad yn ngeiriau olaf y fam druenus wrth ddrws Broncoed y noson honno, 'Ionofal fach ydyw'r unig un ohonynt sydd yn fyw'."

"Byw fyddo," ebe Goronwy.

"Byw fyddo," ebe Morfudd; a chan gyffwrdd min wrth fin ymadawsant.

Pennod XXI

Yn Ebrill 1468,[*] eisteddai Rheinallt a Siôn Hanmer un hwyrnos ar ben Tŵr Bronwen yn Nghastell Harlech, gan chwedleua am lechweddau gleision a bryniau esmwyth Powys, a gwylio'r haul yn mynd tan ei gaerau i Fôr y Werydd, pan y gwelent ŵr ar farch yn ymdaith tuag atynt o gyfeiriad Penrhyndeudraeth. Ac fel y dynesai, Rheinallt a adnabu y gwr, canys nid ydoedd neb amgen Robert Tudur o'r Tŵr. Prysurodd i'w gyfarfod at y porth, ac ar ôl traethu ei syndod o weld ei urddas Bondigrybwyll mor bell oddi cartref, rhoes y gwron hwnnw lythyr yn ei law mewn dull tra seremonïol, tan obeithio ar yr un pryd fod ei feistr yn mwynhau ei gynefinol iechyd "fel y mae'r geiriau hyn, fel tase, yn ein gadael ninnau," a gofyn am ba hyd y câi efe aros yn y wlad ddieithr hyfryd honno.

"Os na ddychweli oddi yma heno, Robin," ebe Rheinallt, "damwain fydd iti allu mynd am rai misoedd. Y mae'r Herbertiaid ar eu ffordd yma o Ddinbych, ac yn ôl a ddeallwn wedi cyrraedd Drws Ardudwy; ac os na thorrant eu gyddfau wrth godymu dros y creigiau, byddant yma cyn y gwêl yr haul acw eto Gastell Harlech."

"Bondigrybwyll, ni symudaf," ebe Robin, "oni pheri di, Rheinallt."

"Gad fi'n llonydd, filain, i ddarllen y llythyr hwn." Darllenodd y llythyr. Cais ffurfiol ydoedd oddi wrth Goronwy am law Morfudd mewn glân briodas, ac fel y

---

gallai ef fod yn bresennol i gyflwyno'r briodasferch ger bron yr allor, cynigwyd fod i'r ddefod gymryd lle yn Llandderfel yn nyffryn Edeyrnion; y deuai y pâr ieuanc a Gwenllian yno i'w gyfarfod; ac os bodlon ydoedd, a ddygai Robin ei ewyllys yn ôl.

Chwarddodd yn galonnog. "Dyma briodas yn y teulu o'r diwedd," ebe ef. "Robin, rhaid i ti gymryd ateb yn ôl yn ebrwydd."

"O, meistr, meistr, oes dim modd i mi gael aros am ddiwrnod neu ddau?"

"Aros di," ebe Rheinallt, "y mae Siôn Hanmer ar fedr gyrru neges adref, hwyrach y ceir ganddo yr un pryd yrru cennad i Froncoed, os rhoddi di dy farch iddo."

"Bondigrybwyll, o ewyllys calon. O'r ddau gwell a fyddai gennyf fynd yn ôl ar fy neudroed nag ar farch. Peth difrifol i barth gorllewinol dynsawd anghynefin ydyw marchogaeth tridiau."

"Gwir," ebe Rheinallt, tan wenu. Yr oedd negesydd Hanmer yn falch o'r swydd, Robin yn ddedwydd ar y drefn; ac ateb Rheinallt yn fuan ar ei daith i'r Tŵr.

Beth oedd yn y llythyr hwnnw? Dim ond amlygiad o lawn gydsyniad ein harwr a'r cais; awgrym y deuai Hanmer, fe ddichon, gydag ef, "Hanmer, y dewrddyn hynaws," ebe ef. Cyfeiriad neu ddau hefyd oedd yn y llythyr at ansefydlogrwydd pethau – y byddai Castell Harlech yn fuan tan warchae, ond na fedrai dim ond angau ei luddias ef i fod yn Llandderfel yr amser penodedig yn rhoi ei chwaer mewn priodas i lanc yr oedd efe tan gymaint dyled iddo. Mewn ôl-ysgrif, dymunai yn chwareus ar i Gwenllian ddod â gwisg priodferch gyda hi, rhag ofn i un o lanciau'r "wlad ucha" ei phriodi hithau cyn y dychwelai.

Cyrhaeddodd y gennad yn ddiogel i'r Tŵr, a mawr oedd llawenydd pawb ar ei derbyniad, heb eithrio hyd yn oed Siôn, yr hwn a gredai ar amseroedd cyffredin fod

gormod o filwyr o un eisoes yn nheulu'r Tŵr; ac am
Landderfel y meddyliai ac yr ymddiddanai rhianedd y
Tŵr o hynny allan, am Landderfel y breuddwydiai
Goronwy ddydd a nos, fel llecyn y sylweddolid
gobeithion disgleiriaf ei oes.

Pennod XXII

Fel y rhagddywedasai Rheinallt, cododd yr haul drannoeth i ddyfodiad Robert Tudur, ac wele Gastell Harlech yn warchaeedig gan lu mawr o Iorciaid tan gadlywyddiaeth Syr Gwilym Herbert. Ond yr oedd cryn bellter (i elyn) rhwng oddi allan ac oddi fewn Castell Harlech. Codwyd y grogbont a groesai'r ffos ddofn ar du dwyreiniol y gaer, gollyngwyd y ddringddôr, ac yr oedd y gwarchaeedig mor ddiogel â phe buasai eu gelynion fil o filltiroedd oddi wrthynt. Ni feddai yr oes honno yr un peiriant rhyfel ar ei helw allai ddryllio'r muriau cedyrn. Tra yr oedd y gwarchaewyr yn agored i ruthradau sydyn, ac i aneliadau annisgwyliadwy eu gelynion, yr oedd y gwarchaeedig mor ddiogel ag y dichon dynion fod yn ngwirionedd yr hen ddihareb "gair gŵr o gastell." Ond aed ati yn union i geisio gwneud rhywbeth, canys nid gŵr esgeulus o'i orchwyl oedd y Barwnig Herbert. Trefnwyd y llu yn gylch o gwmpas y gaer, heb anghofio yr ochr serth orllewinol, fel pe gallasai rhyw greadur ond perchen aden ddyfod yn fyw o'r lle y ffordd honno. Gwnaed arddangosiad aruthrol hefyd o allu ac o benderfyniad i newynu y fintai amddiffynnol cyn y codid y gwarchae. Gyrrodd Syr Gwilym genadwri at Dafydd ab Einion, yn galw arno yn enw'r brenin roddi'r castell i fyny iddo ef. Y mae atebiad Dafydd yn un o frawddegau mwyaf poblogaidd hanesyddiaeth Gymreig. "Dychwelwch a dywedwch wrth Syr Gwilym ddarfod imi warchae castell yn Ffrainc nes oedd holl hen wragedd Cymru yn sôn am hynny; ac yr amddiffynnaf y castell hwn nes y bo holl hen wragedd Ffrainc yn sôn am hyn hefyd."

Aethai y naill ddiwrnod ar ôl y llall heibio heb i ddim o bwys ddigwydd. Gwylid holl fynedfeydd a dyfodfeydd y castell gyda'r dyfalwch mwyaf; ond yr oedd digon o fwyd oddi fewn am rai misoedd, ac ni feddyliasai Gwilym, fel y darfu i'w frawd Risiart ar ôl hynny, am droi oddi ar ei gwely arferol y ffrwd ddwfr siriol a redai trwy'r castell i ddisychedu ei breswylwyr. Ac yn nghwrs amser, daeth yn bryd i Rheinallt hwylio at gyflawni ei adduned. Canmolai y llywydd yr egwyddor a gynhyrfai ei gyfaill i gyflawni addewid mor gysegredig; er yr ofnai fod yr antur o dorri trwy rengau'r gelyn yn un beryglus, Rheinallt yntau ni fynnai wrando am ei berygl ei hun; ofnai yn hytrach y byddai i'w fynediad ef ymaith wanychu'r amddiffyniad.

"Fy nghyfaill dewr," ebe Ab Einion, "na foed pryder gennyt am hynny. Gallai Rheinallt neu Dafydd ab Einion oddi fewn i Harlech herio'r holl deyrnas oddi allan. Dymuna i'r pâr ieuanc fy nymuniadau gorau; a chofia fi yn garedig at fy angel gwarcheidiol Gwenllian."

"Heno amdani hi, ynte," ebe Rheinallt. "Ai gwiw gennyt adael i'm cyfaill Siôn Hanmer ddyfod gyda mi?"

"Gwiw gennyf; ewch eich deuoedd; a Duw'n rhwydd i chwi."

Yr oedd arwyddion trwy lumanau wedi eu dodi yn ystod y dydd ar un o'r pigdyrau am i gwch o'r fintai a nofient yn barhaus wyneb y dyfnder o flaen y castell i fod yn barod wrth y lan am wyth o'r gloch y nos honno. Felly, cychwynasant yn dri, sef Rheinallt, Hanmer, a Robin; a Dafydd ab Einion yn eu hebrwng; i ddechrau i lawr i'r ddaeargell, a thrwy ogof gul drachefn am gryn ysbaid o ffordd nes y daethant at ddrws oedd yn agor i'r awyr agored. Datgloesant hwnnw yn arafaidd, ac wele codasai yn sydyn dymestl fawr o fellt a tharanau. Argoelai hyn yn dda iddynt, ond yr oedd mor dywyll fel na allent weld eu dwylo. Pa fodd bynnag, yn ngoleuni mellten canfyddent fod y cychwyr yn brydlon; ac yn sŵn taranau dyrnol agorasant yr hen ddôr wichlyd, a gwelent fod gwyldanau y gwarchaewyr wedi eu diffodd gan y glaw trwm. Yr oedd Dafydd ab Einion wedi eu hebrwng hyd y ddôr, a safodd yno fel y gallai eu derbyn yn ôl drachefn os caent yn eu llwybr tua'r môr mai doethach iddynt ddychwelyd; a da hynny i Hanmer; canys yr un goleuni ag a ddangosodd y bad iddynt hwy, a'u dangosodd hwythau i'r gelyn, yr hwn a gododd waedd yn ei wersyll eu bod yn dianc o'r Castell; ac yr oedd pump neu chwech o wŷr arfog yn ebrwydd yn nghyfarfod ein cyfeillion. Dychwelodd Hanmer yn y tywyllwch yn ôl tua'r Castell, gan dybied y gwnâi ei ddau gydymaith yr un modd. Ond hyrddiai dewrder Rheinallt ef ymlaen ar lwybr ei benderfyniad ar draws pob rhwystr, a gafaelai ei was ffyddlon yn dynn yn ei lawes. Tynnodd ei gleddyf, ac ergydiai ar dde ac aswy, gan ymwthio ymlaen at y dwfr; ac yna y trodd yn sydyn o'r naill ochr, a theimlai ei draed yn y môr, ond gan faint y tywyllwch ni wyddai ond ar amcan pa le yr oedd y cwch. Pa fodd bynnag, yr oedd y gelynion yn crynhoi yn gyflym i'r fan, a'u saethau damweiniol yn suo o amgylch, fel y tybiodd ein harwr mai gwell i Robin ac yntau gymryd y dwfr a nofio, gan y gallent felly hwyrach daro wrth y cwch. Ychydig funudau, a dyna fe, codwyd hwynt iddo yn wlybion diferol – Robin nemor gwaeth oherwydd ei drochiad anamserol, ond Rheinallt â saeth wenwynig wedi ei phlannu yn ei fraich. Tynnwyd hi oddi yno yn ddiymaros, a'r gwas ffyddlon a sugnodd y gwenwyn o'r archoll, gan ei boeri allan drachefn. Er hynny, dal i ferwino yr oedd y briw. Rhwyfai'r cychwyr ymlaen yn brysur yn ôl cyfarwyddyd ein harwr yn nghyfeiriad Abermaw; gyda'r lan gan mwyaf, oddieithr fod crigyll i'w osgoi; ciliodd y dymestl i fwrw ei llid ar rhyw gŵr arall o'r wlad; daeth y lloer a'r sêr o'u llochesfeydd i lonni wyneb y ffurfafen eilwaith; ond dal yn anesmwyth yr oedd y fraich. Ceisiai Robin gysuro ei feistr trwy ddweud nad oedd y gwayw ond effaith y pigiad yn unig; dyrchai y badwyr gân ysgafnllon er mwyn tynnu sylw yr archolledig oddi wrth ei archoll; ond dal i frifo'n ferwinllyd yr oedd yr aelod. Amcanai y dioddefydd ei hunan hefyd hudo ei feddwl i ymdroi ymhlith atgofion bore oes, a phortreadu y mwynder a dderbyniai o gyfarfod ei anwyliaid ar adeg mor ddedwydd; ond erbyn iddynt gyrraedd gyferbyn â'r Ganllwyd ar yr afon Mawddach – tybed ei fod yn wir sylweddol! – yr oedd y fraich yn dechrau chwyddo. Er hynny, credodd yn y fan mai dychymyg pryderus yn effeithio arno fel ffaith oedd y cwbl, a thaflodd bob rhagofal i'r gwynt. Glaniasant yn Llyn y Penmaen, ychydig islaw Dolgellau, ac arhosai y cychwyr hyd drannoeth i'w cymryd yn ôl: gan y dywedai Rheinallt, "Os nad allaf ddychwelyd i'r Castell, gallaf fod o rhyw wasanaeth i'm plaid yn yr ardal oddi allan."

Cafwyd meirch i'w cludo yn ddi-oed tua phen eu taith. Cyraeddasant Ddrws y Nant; yr oedd y fraich ddolurus yn hawlio sylw drachefn; ac erbyn cyrraedd pen uchaf y rhiw tu hwnt i hynny, teimlai'r dioddefydd lwybr yr anadl yn culhau – arwydd fod y gwddf hefyd yn chwyddo. Oddi yno i'r Bala, ychydig mewn cymhariaeth a gafodd y boen o'i sylw; yr oedd yn arogli cartref byth er pan welsai yr afon Dyfrdwy fabanaidd yn chwarae hefo'r blodau grug a dyfent ar erchwyn ei gwely. Ond erbyn cyrraedd Llandderfel, yr oedd ei anhwylder wedi cynyddu yr fawr arno – prin y gallai sefyll ar ei draed; a da ydoedd ganddo na chyraeddasai ei gyfeillion ato a'i gael ef mor llesg. Nolwyd ato ffisigwr gwlad medrus oedd yn yr ardal, a rhoes hwnnw rhyw lysiau rhinweddol ar y briw a liniarodd y boen, ac a barodd i'r claf hybu eilwaith; a lledodd bywyd ac iechyd eu cwrlidau dymunol drachefn o'i flaen. Ond y mae yn weddus i ni hysbysu, pa faint bynnag a ddioddefodd ein harwr yn ei gorff ar y daith honno, ac yr oedd ei allu i ddioddef yn fawr a'i bangfeydd yn aruthrol, nid oedd poen meddwl Robert Tudur ei was ychwaith nemor llai – yr oedd ei ben wedi poethi fel ffwrn, a'i deimladau drylliog bron â'i ddrysu.

Pennod XXIII

Yn ystod yr egwyl hon ar boenau ein harwr, dyma'r cerbyd a gynhwysai'r pâr ieuanc a Gwenllian yn cyrraedd y dreflan, tan osgordd gref o filwyr y Tŵr, a phob un yn llawn bywyd a gobaith gweddaidd i ddiwrnod o'r fath. Cyfarchodd hwynt oll yn gynnes a siriol, ond canfu llygaid craff y rhianedd fod rhywbeth pwysig arno. Ceisiai yntau chwerthin ymaith eu ymholiadau pryderus; ond nid oedd wiw gwadu, rhaid oedd datblygu'r holl helynt. Collodd y llysiau llesol yn fuan eu heffaith, a dychwelodd y pangfeydd yn fwy arteithiol nag o'r blaen, ac fel y cynyddent o awr i awr, erfyniwyd mor daer arno fynd i'w wely, fel y cydsyniodd o'r diwedd. Teimlai ef bellach, a gwelai pawb oddeutu fod digwyddiad pwysig gerllaw; darllenwyd ei ollyngdod yn ôl ffurf yr Eglwys Sefydledig ar y pryd gan offeiriad a ddaethai i Landderfel y diwrnod hwnnw i ddarllen y gwasanaeth priodas; ysgydwodd law yn garedig â Goronwy, gan ddiolch am y gwasanaeth a wnaeth iddo, a hyderu y gwenai Rhagluniaeth ar Morfudd ac yntau; Morfudd ni allai ddal yr olygfa, ac enciliodd i ystafell arall; Gwenllian a sychai y chwys oer oddi ar ei dalcen hardd, ac a wlychai ei wefusau seriedig ag ychydig win – ar ei gais hi a'i cusanodd yn serchus; yna efe a sisialodd yn floesg, "Cofiwch i gyd am blentyn y gelyn Ionofal fach!"

Canodd yn iach i'r gosgorddlu un ac oll – dynion haearnaidd amryw ohonynt a fuasent gyda'u pennaeth yn Nghaer a mannau eraill – ni allent hwythau ddal yr olygfa. Yr oedd Robin, druan, wedi rhwystro yn lân, yn llefain fel plentyn, ac yn ymgreimio hyd lawr. Dymunodd y claf ar i Gwenllian droi ei wyneb tua chartref, a chan edrych trwy'r ffenestr agored ar lechweddau gleision yr ardal brydferth o'i flaen, llonyddodd y llygaid disglair hynny yn araf deg, daeth yr anadl yn fyrrach, fyrrach, ac nid oedd yn aros o'r dyn hardd, dewr, a da, Rheinallt ap Gruffydd o'r Tŵr ond y llwch teg i ddychwelyd yn llwch eilwaith. Dygwyd y llwch hwnnw yn barchus i'w gladdu yn Macpela'r teulu yn Nyffryn Alun;[*] a'r oedran cerfiedig ar gaead ei arch ydoedd 28ain oed. Efe a fu farw'n ieuanc, er iddo fyw yn hir.

Y mae fy ngwaith i bellach fel ysgrifenydd rhamant "Rheinallt ap Gruffydd o'r Tŵr" ar ben. Gair arall am dreigliad rhai o gymeriadau blaenllaw y chwedl:

Wedi bwrw amser gweddus galar heibio, Goronwy a Morfudd a briodwyd, ac enw y bachgen cyntaf a seliodd eu hundeb oedd Rheinallt; parhaodd yr undeb hwnnw yn hir a digwmwl, fel y gallai Ionofal dystio yn hen wraig foddlon ar fin ei 80ain oed, wedi eu treulio yn hapus yn eu gwasanaeth. Gwenllian a arweddodd fywyd crefyddol mynaches, ac felly yr oedd yn Gwenllian mewn mwy nag un ystyr; Siôn a briododd ar ei hen sodlau, ac y mae ei wehelyth ymhlith rhai o deuluoedd urddasol sir y Fflint.

Y mae yn digwydd yn fynych fod y synnwyr cryfaf a'r teimlad dwysaf wedi eu huno gyda'u gilydd; ac yr oedd ein hen gyfaill Robert Tudur *(Bondigrybwyll)*, yn feddiannol ar y naill a'r llall. Treuliodd weddill ei oes yn ei hen gynefin oddeutu'r Tŵr, a phrudd bleser ei einioes ydoedd atgofio amryfal wrhydri a rhagoriaethau ein diweddar arwr, a'i ddymuniad pennaf ydoedd cael ei gladdu tan yr un dywarchen â Rheinallt; ac ni ddiystyrwyd dymuniad mor gysegredig hen greadur mor ffyddlon.

DIWEDD

---

[*] *Macpela:* Machpelah yn y Beibl oedd mynwent teuluol Abraham

Beriah Gwynfe Evans
Bronwen:
Chwedl Hanesyddol am Owain Glyndŵr

""Ond eto un gair. A ydyw y telerau hyn yr wyt ti er dy anrhydedd, Syr Frenin, yn caniatáu i ni, yn gyfyngedig i ni ein chwech, neu ynte, a awdurdodir ni i'w cludo ar flaenau ein gwaywffyn, yn ôl i'n gwersyll, ac yno i'w cyhoeddi yng wyneb haul, llygad goleuni, i bob Cymro yn ddieithriaid?"
"Gydag ond un eithriad," ebe'r brenin.
"A'r un hwnnw?" gofynnai y Marchog.
"GLYNDŴR!" oedd yr ateb.."

Mynyddoedd y Berwyn, 1400. Mae'r cadben dieflig Syr Philip Marglee wedi'i anfon gan ei arglwydd, De Grey, i feddiannu darn o dir ei gymydog. Ychydig a ŵyr neb mai'r sgarmes fechan hon fydd dechrau gwrthryfel a fydd yn llyncu'r holl wlad.

Beriah Gwynfe Evans (1848-1927) oedd un o Gymry llengar mwyaf gweithgar ei oes. Ysgrifennodd nifer fawr o nofelau yn y Gymraeg a'r Saesneg, llawer ohonynt yn portreadu digwyddiadau a chyfnodau o hanes ei wlad mewn ymgais bwriadol i efelychu yn y cyd-destun Gymreig yr hyn yr oedd Walter Scott wedi'i wneud yn yr Alban gyda'i gyfres o nofelau hanesyddol.

Ar gael hefyd o www.melinbapur.cymru:

Emile Souvestre

Bugail Geifr Lorraine

Cyfieithiad Cymraeg gan R. Silyn Roberts

"Trysori'r tair ceiniog a roddasai Jeanne iddo a wnâi efe, a chadw ei chyngor yn ei gof. Hynny oedd am ei fod yntau hefyd wedi ei fagu ymhlith y gwerinos hyn na feddent ddim namyn mamwlad y dymunent ei chadw; yntau er yn fore wedi arfer caru ei bobl yn well nag ef ei hun, a gasâi â'i holl reddfau iau'r tramorwr, ac a fynnai gadw, â phris ei fywyd o bai raid, bethau hanfodol y genedl, sef y brenin, y faner, a saint gwarcheidiol Ffrainc."

Ffrainc, y 1420au. Mae'r Ffrancod a'r Saeson wedi bod yn brwydro dros oruchafiaeth am ddegawdau, gan droi pob cornel o'r wlad yn faes brwydr. Bugail digon di-nod yw Remy nes i farwolaeth ei dad arwain at ddarganfyddiad annisgwyl am ei orffennol ef ei hun. Gyda'i fentor, y mynach Cyrille, cychwynna Remy ar daith i hawlio'i etifeddiaeth; ar yr un pryd daw sibrydion am yr arwres newydd Jeanne D'Arc, sy'n bwriadu erlid y Saeson o'r wlad unwaith ac am byth.

Cyhoeddwyd *Bugail Geifr Lorraine*, cyfieithiad Silyn o nofelig hanesyddol Emile Souvestre Le Chevrier de Lorraine, yn wreiddiol yn 1925; mae'r argraffiad newydd hwn mewn orgraff fodern yn cyflwyno'r antur gyffrous hon i ddarllenwyr o'r newydd.

MELIN BAPUR

www.melinbapur.cymru

Dilynwch ni ar:

X (@melinbapur)
Facebook (@melinbapur